U0608147

在不确定的尘世

王志成 著

ZHEJIANG UNIVERSITY PRESS
浙江大学出版社

图书在版编目（CIP）数据

在不确定的尘世 / 王志成著. —杭州：浙江大学
出版社，2012.11（2025.5 重印）
ISBN 978-7-308-10751-8

Ⅰ.①在… Ⅱ.①王… Ⅲ.①散文集—中国—当代
Ⅳ.①I267

中国版本图书馆 CIP 数据核字（2012）第 249134 号

在不确定的尘世

王志成　著

责任编辑　徐　婵
封面设计　续设计
出版发行　浙江大学出版社
　　　　　（杭州市天目山路 148 号　邮政编码 310007）
　　　　　（网址：http://www.zjupress.com）
排　　版　杭州青翱图文设计有限公司
印　　刷　浙江新华数码印务有限公司
开　　本　710mm×1000mm　1/32
印　　张　10
字　　数　155 千
版 印 次　2012 年 11 月第 1 版　2025 年 5 月第 4 次印刷
书　　号　ISBN 978-7-308-10751-8
定　　价　36.00 元

目　录

目　录

不确定的尘世

目　录

自由、性及爱

其实就这样

目　录

圣人的顽固

圣人"顽固"

中国文化中有许多故事,但它们大部分只是体现了人类现存状态下的渴望。这些故事缺乏超越的意识。即便有着超越的意识,也缺乏质的超越。但也有故事充满了超越的意识和神圣的 LILA(宇宙游戏)意识。这些故事和印度的《摩诃婆罗多》颇有相近之处。《西游记》就是这样一个充满了 LILA 意识的大故事。

《西游记》是我最喜欢的书,但我没有看完它。我对它的理解主要是通过电视剧以及小时候看过的电影。从某种意义上说,《西游记》是一场人间游戏,并且是一场悲喜剧游戏。这些故事对那些觉悟者是很容易理解并觉知其本质的。

然而,对于那些还没有觉悟的人,他们可能非常容易沉湎于游戏现象而不知跃出。和像唐僧这样有灵性的人一起生活,可能是痛苦的。因为你可能无法真正理解他/她，无法体验到他/她的体验，换言之，彼此间无法达成同步。猪八戒动辄想着要离开唐僧回他的高老庄。圣雄甘地的一位秘书曾说，在天堂和圣人在一起是一种幸福，在人间和圣人在一起是一种痛苦。一个"古板"的圣人可能让他/她周围的人难以生活。圣人顽固啊，只是这样的顽固是神圣的、光亮的。

觉悟者、解脱者和得救者是这个世界的灯、这个世界的光。但这样的光再强、再亮，和你自身本含的光也是一样的，并没有区别。只是，你把你那自有之灯放在了私处，放在了遮蔽之地。你认识到了，你就和他们一致。这在基督信仰中被称为"圣徒相通"。人人都是圣人，人人都是潜在的佛、解脱者、得救者。问题的关键是：知识还是非知识（无明）。

愿你的努力配上上苍的恩典，觉悟、解脱，达到新的纯真，成为新人，成为显明了的佛、原人、神之通道。

儒家的未来和孔圣的答复

当代儒学和儒家走向哪里？

早在 1988 年，余英时教授在《现代儒学的困境》一文中就谈到儒学已经真正地陷入了困境。当时他没有给出儒学的出路。在中国走向现代化过程中，儒学失去了自己存在的依托，成了"游魂"。而这个游魂曾经是中国无数人的生存之根。1997年，余教授似乎找到了儒家在当代发挥作用的地方。在《儒家思想与日常人生》一文中，他认为儒家不可能直接在公共空间发挥作用了，儒家只能走向日常了。这是教授给儒学开出的"药方"。

但国内有很多人根本不接受这一药方。一时间，呈现出儒家多元的繁荣景象。一种出路是复古，甚至走政治儒家道路，如蒋庆；一条出路是自我抛弃或扬弃，适应西方/西学，儒家研究就是否定儒家；第三条出路是儒家分层，采取不同的或政治或日常或其他的态度;第四条道路是附和现代性,在现代性这面旗帜下有所作为;第五条道路是弥补现代性,如杜维明;第六条是创造性转化,走向第二轴心时代之儒家。当然,还可以有其他选择。

近日去曲阜拜访孔子老师。顺便问了问孔师,儒学是否可以成为第二轴心时代的儒学。

问曰:"儒学有明日否?"

默然片刻,子曰:"为何无明日?儒学在天在人。"

又问:"儒学之髓何在?"

子曰:"性也。自然之性,人之性,天地之性。吾人言儒性也。吾弘道于雅氏所言之轴心时代,同行于东西圣哲。愿汝辈众人担当儒性再现于卡氏所言之第二轴心时代。儒家气象自有天地之境,其光当显,天地日月之光尽在其中。求道、同道、享道、弘道为一。"

如此默观,乐归。

国学的终结？

什么是国学？很多人说国学主要是儒学。但如今这样的观点受到很多批评。

文学家、翻译家、教育家季羡林认为，"'国学'就是中国的学问，传统文化就是国学"，"现在对传统文化的理解歧义很大。按我的观点，国学应该是'大国学'的范围，不是狭义的国学"，"国内各地域文化和五十六个民族的文化，就都包括在'国学'的范围之内……敦煌学也包括在国学里边……而且后来融入到中国文化的外来文化，也都属于国学的范围"。

季教授的看法可能是合理的。但如果沿着这个路子，那么，历史上的基督教文化也成了国学，例如唐朝的景教文化。元朝的耶里可温教文化、明清的天主教文化，也成了国学。当然，中国的回教文化也是国学。还有，历史上学者们的诸多翻译，例如大量的希腊哲学、文学、艺术等等,它们可能都成为了国学的一部分。

然而,这样看起来,对很多人来说,是不是就意味着他们的"国学"终结了? 我的看法是肯定的,他们的国学终结了。

佛教的核心

佛教经典很多,对一般大众来说,经典中的许多内容实在很玄妙,难以理解。但无论如何,佛教是有核心信息的。他的核心就是:尽诸法要,去烦恼即为正果;不去烦恼即为非正果。

不管你学什么法门,不管你跟从哪个大师,不管你居家修行还是出家为僧,不管你持有怎样的佛教理论,对照这个核心,就可以成了。

活的佛陀，活的耶稣

当今世界的宗教舞台上，佛教和基督教是两个重要的角色。

佛陀和耶稣，人们各有说法。在我心中，他们就是两位人文主义者。几千年来，他们散发的人文主义力量具有无比的意义。尤其是他们之间以及由他们的传统而引发的文明间对话则更具有非凡的魅力。

佛教和基督教之间的对话，其实质是两个巨大文明传统之间的对话。在两大传统之间，我们对话什么？具体操作起来非常困难。但是，尽管如此，佛教和基督教之间的对话却从未停止。

历史地看，在基督教初期，就已经开始了佛教和基督教间的对话。关于这一点，我们的材料极其有限。有学者认为耶稣是佛教徒，或者匿名佛教徒。而有的神学家则是来个乾坤大挪移，说佛陀说的真理是耶稣基督的。这样的争论因为缺乏材料和证据，我们还不能谈。

在中国，佛教和基督教的对话时间应在唐代、在景教出现之后。那时，景教吸收了佛教思想，语言上采用了某些佛教词汇。元朝的耶里可温教则是基督教第二次来华。但它在中国历史上很短暂，少有佛耶对话成果。明末清初来华传教士和佛教之间的对话则是另一次。当时的利玛窦走佛教路线，自己剃了光头。然而，利玛窦是实用主义的。碰壁之后，他就转向了儒家，成了"西儒"。在他那著名的《天主实义》一书中，他批判佛教，说中国人求道取经弄错了，千辛万苦得到的并不是真经。近代的太虚大师，他和一些传教士（如艾香德牧师）有着良好的宗教间关系。佛耶对话也出现过一次小小的高潮。对此，中文大学赖品超教授等做了很好的研究。

新世纪开启以来，佛耶对话已经经历了三次。2003年，大陆召开了第一次佛教基督教对话会议，这是国内第一次正式的佛教和基督教学术对话，开启了佛耶对话一个新的时代。2006年，在中国香港中文大学召开了第二次佛教与基督教对话会议。2009年，大陆在浙江大学召开了第三次佛教和基督教对话国际会议。这次主题为"文明的对话和对话的文明"的佛耶会议,进一步推动了佛教和基督教的对话,加深了彼此间的理解。由对话而来的佛耶碰撞、彼此间的互动,进一步显明了活的佛陀、活的耶稣在尘世间的人文主义光辉。而未来,佛教和基督教的对话将对中国以及世界文明之发展产生巨大的影响。这是可以预期的。

耶稣和佛陀

有神学家说,佛陀具有救赎能力,是因为耶稣基督在做工。这样的说法估计有很多人不会赞成。但耶稣和佛陀的确具有很多的相似性。

从神秘的角度看,耶稣和佛陀都是觉悟生命的展现。他们是同一的。虚己和无我,让佛陀和耶稣走向同一成为可能。虚己和无我,让身份危机和压力得以消除。

但事实上,很多时候我们不能生活在灵性层面,我们一定执相。执相则不是佛陀和耶稣所希望的。这是信仰耶稣和佛陀中的问题。

如今,似乎我也在叠置佛陀和耶稣,我从没有和佛陀以及耶稣在一起生活过,不能直接询问他们。即便一起生活过亲自聆听过他们两位的教导,我的理解是否一定就符合他们的原意?估计很多其他的神学家也和我一样,叠置着或叠置了佛陀和耶稣。

但有一点则是我坚持的,即,佛陀和耶稣的核心信息都是非实在论的。他们并不关心形而上学问题,并不执"我"。他们关注人的现实问题。

佛陀是觉悟的人,没有烦恼的人;耶稣是要把人从苦难中解救出来的人。他们都是人,但他们和我们不同。你甚至可以说他们是神。但我认为,说他们是人之圆满者更恰当。

同样的生活,他们的生活却是自觉的、观照的。他们自然地生活在正、反、合的第三阶段。我们还远没有达到这样的境界。

佛教徒与基督徒

世界是人创造的,佛教是人创造的,基督教是人创造的。本质上宗教间的和谐是人的和谐。人间不和谐,宗教间和谐是不可能的。所以,潘尼卡强调对话者本人需预备。

当今,不同信仰者对于自己心的理解还有太多的空间需要发展。在这个时代,人的命运更多地取决于人自身的选择。用佛教的语言表达:共业可能完全决定了人类整体的命运和走向,别业(个业)则影响个人的命运和走向。在很大程度上,共业已经越来越多地影响着个体的命运,超越了别业之力。同样,别业以其特别的方式影响着共业。共业之力和别业之力相互影响,共同影响着我们人类的命运。

在这样的背景下,反思佛教徒和基督徒的关系非常必要。佛教徒和基督徒都有义务和责任为这

个世界的和谐做出自己的贡献。传统的思维已经
不太合适。佛教徒和基督徒都需要自我更新,怀着
开放的态度,反思自我、定位自我,让佛性和基督性
展示出来,在这个脆弱的星球上荣耀生命,让人类
的眼睛穿越时代的阻隔,直视全新的生命。

　　如今,我们越来越需要让佛教徒直面佛陀所言
的奥义:法性展示的奥义。也越来越需要让基督徒
直面耶稣的话的奥义:我是生命、我是道路、我是光
的真实奥义。

吠檀多哲学家耶稣*

《多马福音》是一本很靠近耶稣的书,类似佛教中的《法句经》。《多马福音》不是耶稣的传记,据说是由其弟子多马记录下来的耶稣的灵性指导语录。总共只有 114 段话。让我惊喜的不是这本书中的语录,让我惊喜的是:耶稣是个伟大的吠檀多哲学家!

《多马福音》是一本哲学语录,体现耶稣哲学思想的语录。它不关心事件,它只关心哲学、精神和灵性。这一特点和印度灵性传统一致。根据一些说法,耶稣可能去了印度,学了一些吠檀多哲学。传统西方的许多教导可能和耶稣的信息并不相符。

我们需要从新的角度理解耶稣,我们需要认识一个更真实的耶稣。这个耶稣突出了每个人内在

---

  * 吠檀多(Vedanta):意为"吠陀文献的最后部分",也就是给吠陀哲学作总结的部分,也称终极吠陀——最后的知识。

17

的神性,突出了他作为智慧之师(智慧瑜伽师)的身
份,突出了他的超越二元论的不二论之伟大哲学,
突出了非教条的信仰。

　　如果你问我耶稣是谁,那我会告诉你:耶稣是
东方人,耶稣是吠檀多哲学家,耶稣当然是吠檀多
的实践者和灵性导师。

未来神学的芳香

    如何处理基督教和其他宗教之间的关系是当今基督教神学面临的重大问题。从卡尔·巴特的排他论、拉纳的兼容论、希克的多元论，再到弗雷德里克和克卢尼的比较论，这是一个漫长的历程。当今许多基督徒依然不承认其他宗教的他者身份，依然持有一种帝国主义色彩的一元论。

    只要我们的基督徒朋友持有这样的立场，他/她就不可能真正承认其他信仰的合法性，不可能有真正的和平和爱的展示。我可以大胆地说，如果基督徒不能转变意识，而停留在传统的图像中，在处理和其他信仰的关系上，在处理和其他信仰者的关系时，他们就不可能在这个全球化时代做一个合格的基督徒。换言之，他们就不可能表现出基督的真爱。事实上，面对这样的问题，他们是痛苦的，也是麻烦的。在某种意义上，他们无法体现耶稣的那伟大的非二元之真爱。

兴许有些基督徒朋友看了这样的话会不高兴。这没有什么好奇怪的。只要人们生活在一种过时的信仰图像中,生活在一种自欺的图像中,生活在某种利益关系中,人的信仰就会有问题。如果我们以寻求真理而不是以控制真理的身份出现,如果我们是开放的而不是唯我独尊的,那么,这样的基督徒是非常值得尊重和学习的。

有人说,我对基督徒是恨铁不成钢,所以有很多批评。我批评基督徒或者基督教,不是基于任何利益,而是基于理性,基于人类生命一体的良心自觉。我尊重耶稣,热爱耶稣,肯定耶稣,但我不认同后来者加在耶稣身上的诸多教条和教义。可以说,跟随耶稣应该是没有教条的,而只有两个词:信心和爱。信心,是指对上帝的信心,对父的信心。人和宇宙的终极,可以用人格的语言表达,可以称之为上帝或者父。用天主教神学家潘尼卡的话说,此即宇宙性信心。而爱则是最重要的。

《圣经》说,上帝就是爱。而最高的爱应该是超越二元的爱。上帝的爱是非二元的,耶稣的爱充满着非二元性。但人们似乎不太明白。耶稣的经是否被念歪了? 基本上我认为,两千年来的西方主流对耶稣的理解不是耶稣的,是西方人根据自己的理解和想象,重新创造出来的。

　　西方霸权主义的基础似乎是西方的文化中心主义,西方文化中心主义的基础似乎是基督教(文明)中心主义,西方基督教(文明)中心主义的核心是上帝道成肉身教义。这个教义是一个人造物、一个人为的虚构。如今,西方的神学家、思想家自己也已经开始解构它了。约翰·希克就把它视为一个隐喻,而非字面真理。潘尼卡则认为耶稣不是基督教所能穷尽的,"耶稣是基督,但基督不是耶稣。"费尔巴哈、马克思、尼采、库比特等人对基督教、对耶稣的理解,都值得我们关注。

　　中国需要自己独立的耶稣解读。作为一个和平之地,中国需要对基督信仰有新的理解,需要我们摆脱传统西方基督教神学的霸权主义,摆脱基督中心论[更要摆脱西方基督教(文明)中心论]。这是漫长的工作。

全球化意味着什么

在一个世纪前,我们无法理解一些闭塞地区的状况。但随着全球化时代的到来,我们发现那些地方也不得不转变。我们对宗教的理解也不可能封闭在某种传统的图像之中。历史上就曾有过统治者认为佛教中某些观念经不起推敲。但大多数统治者都采取一种实用主义立场,坚持儒家的包容性,接受或者尊重那些经不起推敲的观念。这样的尊重不是基于宗教认识论,而是基于已经有了的宗教实践和生活的实践。

全球化让世界发生了根本的转变。一切都更加的不确定。很多观念会出现,更多的观念会消失。全球化对宗教具有更强大的冲击。全球化加速了传统信仰的崩溃,却可以更新传统信仰中有益的要素。传统信仰只要不断自我更新,就可以在第二轴心时代弘扬自身,并为人类的和平做出创造性贡献。但如果执著于传统的某些形式和教条,那么传统信仰很可能会发展成"宗教民族主义"、"宗教极端主义"、"宗教基要主义",或者,面临自我彻底被抛弃或者崩溃的命运。

全球化是新的力量、新的动力,是一种彻底的转变性力量,不管你如何看待它,你都不能避开它的强大的不确定。在这样不确定的进程中,如要避免被抛弃的命运,那么,我们需要的就是至上的智慧和宽大的胸怀。

我的宗教之全部

　　我的宗教之全部:科学,人道主义,加上不断提升的人的觉悟境界。

　　科学,意味着理性;人道主义,意味着人性;提升人的觉悟境界,则意味着灵性。

教授猪，哲学猪

汶川地震中有头在地下 36 天后却获救的猪。由此，人们对猪兄弟另眼相看。这只猪有了小名"36 娃儿"，大名是"朱坚强"。

在人的眼里，猪是好吃懒做胆小好色的代表。以前人们嘲笑《西游记》中的老猪。随着消费主义的兴盛，人们觉得老猪最具有"人性色彩"，很多人喜欢上了猪的个性。为此找到了老猪诸多的"人生合理性"。

难道在某种意义上，我们都渴望做个老猪？在古代印度神话中，猪曾经是上帝的一个化身、拯救过我们这个地球。那是神话传说。如今，谁可以做上帝猪呢？汶川的幸运猪被博物馆接纳了。看看朱坚强的命运，我多么希望也能成为一头被某某博物馆收藏的猪啊。我也很愿意做头教授猪嘛！

要是我做了教授猪，那会得到什么待遇呢？显然地,不用为饭碗而担心发愁,不用没完没了地被考核,不用写那么多垃圾文章,不用起早摸黑地上班,不用在乎人们的评价,因为我已经是博物馆里的宝贝了。不时还有来自各界的参观者、合影者。我的名将传遍大学、传遍世界,美名在天堂传播。

但很遗憾,我是哲学的。估计无论我怎样学着去做猪,也断不会被某个博物馆接收。我做不了博物馆里的教授猪。

据说有次哲学家皮浪和人们一起渡海,船上还有一头猪。起风了,浪很大,人人惧怕不堪。风过去了,人们才安心下来。大家发现,哲学家皮浪和那头猪没有被海风吓坏。询问皮浪,他说,我们向这头猪学习,我们就可以安静。在皮浪眼里,似乎哲学的最高智慧就是猪的智慧。

我再三思考了皮浪的话。我觉得他说得很有道理。我们应该向猪学习。

尼采之后的问题

人类始终是问题的来源。人类也始终是答案的来源。

人类遇到了又一次的迷惑。未来比以往任何时候更不确定。你的意义,我的意义,可能在很短的时间内消失。在这样的时代,什么是更重要的?什么是值得我们关心的?什么是我们的哲学要做的?什么是我们要走的道路?我们历史中的神话可以解决问题?我们不是到了尼采之后了?尼采有办法吗?

尼采之后,上帝没有了声音。人只好自己回答自己的问题了。

无上的智慧

前年,有个印度来的瑜伽师跟我谈。他说人总需要询问一个问题:我是谁? 这位瑜伽师体现了印度文化传统的思维。我很感动。当时我扶着他下山,感到是扶着一个解脱的灵魂。

日常生活中,几乎所有人都知道我是谁,又其实几乎没有几个人知道我是谁。大家普遍地叠置了一个"我"。我们被这个"我"束缚着,奔波一生。生活辛苦之余,大家也非常渴望从这种不知就里的"我"的生活中摆脱出来。只是渴望的人多,实践的人少。

佛教早就提出了"无我"说。当然,佛陀是在没有个体自我的意义上说的。佛陀的无我意义,到了今天也没有多少人真的理解。有个佛教学者说,没有灵魂修什么佛。换言之,人有灵魂才能修佛。

圣人的顽固

在我看来,灵魂是个假相。灵魂没有本质。商羯罗大师说,一切都是梵,哪里有"我"呢? 一切的展示,无非法身的展现;一切的显现,无非梵的幻化;一切有为,无非是道之用;一切存在的,无非是上帝的气息。哪里还有什么"我"以及"我是谁"呢?

思想的用场

很多书，很多文章，很多作品，有什么用场？

从个体的角度、从集团的角度、从人的愿望，这些书里的、作品中的思想都会发挥作用。因为如若它们没有发挥出作用，它们很快就被遗忘了。但是，思想的意义往往不是统一的，而是制造出来去追求的。如今这已经非常普遍了。法国哲学家巴塔耶就看到了这样的道理。

从超越的角度或者宇宙的角度看，所有的思想和意义都没有意义。古代的印度哲人、古代的中国圣人们都说过，意义只是宇宙的展示。思想是没有用场可以谈的，思想是没有理由的游戏。

所以，如果一定要谈思想的用场，我们就需要把自己放入一个新的场景中。

一生学术的希克

接触希克还是在我的学生时期。从研究他的《宗教之解释》时起，希克就成为了我的精神导师，更是我的学术之榜样。如今近 20 年过去了，我又可以在英国拜见这位令我尊敬的思想家了。

希克早已经过了 80 高寿的年纪了。但是，老人精神很好。虽说是我拜见希克，但是很不好意思，还得要让他老人家开车来接我。他很准时，直接带着我去了伯明翰大学。

在车上，我就看到了他的新书《谁是上帝或者上帝是什么？》(*Who or What is God? and Other Investigations*, *London*: *SCM Press*, 2008)。扉页已经有了他的签字和签名，是送给我的！牛津大学著名思想家伍德(Keith Ward)说："毫无疑问，约翰·希克是在世的最伟大的全球宗教哲学家。"希克一生学术，在这样的高龄依然不懈创作。

在不确定的尘世

我问他,早年他在《宗教之解释》中表达的实在论和非实在论之区别所坚持的观点是否有所改变。老人说没有。而且,他坚持认为,他的批判实在论和唐·库比特的非实在论观点是根本不同的。在他的不同著作中,希克不时地批评唐·库比特。但希克和唐·库比特是一辈子的朋友。

约翰·希克似乎要证实他先前的一个看法,即,中国人可以同时接受佛教、道教和儒家的影响,而彼此间并不冲突。我说这是肯定的。事实上,我早上四点起来研读的《殷勤与他者》一书中就谈到了希克和雷蒙·潘尼卡的观点。雷蒙·潘尼卡本人受到基督宗教、佛教、印度教和世俗人文主义的影响,他走的是一条融合之道,可以说是一种"混合主义"或"混杂"的道路。而希克的全球性思维让人类彼此关联。他们都是具有宇宙视野的思想大师。

约翰·希克非常关注中国的哲学。我告诉他,在中国,海德格尔、维特根斯坦、尼采、德里达等等很受研究。因为这些学者的书和文章被翻译成了中文。而另一些没有被翻译的就很难得到关注了,例如非实在论哲学家 D. Z. 菲律普斯就是一例。菲律普斯的书没有人翻译,中国学界对他几乎没有讨论,尽管从西方学界的影响看,他比唐·库比特更有影响力。

圣人的顽固

我一直尝试扶着希克走路。但尽管用拐杖,他坚持独立——而且他开车载我。希克不仅仅是多元论的理论提倡者,更是多元论的实践者——他坚持实践坐禅修行。在我离开的时候,希克高兴地告诉我,目前正在写一本新书,题目叫《对话的形式》。呵呵,这就是一生学术的老人希克。

书！书？书……

在大学也就是杭州大学的时候，我大部分时间都是单纯地在学校图书馆度过的。我似乎把图书馆的书都翻了一遍，只是没有什么大的兴趣，也没有什么书被我特别的记住了。后来，读书再读书。然而，读的书越来越少。

我还是常常跑书店。但那么大的书店，往往空手而归。我也已经多年不在浙大借书了。其实，历史上，人类在绝大部分时间里和书没有关系，甚至和文字没有关系。如今，书被诸如电脑之类的替代了。大家就更不需要书了。

不时有人问我，你翻译那么多书有什么用，你写了那么多书有什么用。难道我们的意义在翻译和写作中吗？我思考了再思考："出版那么多书是没有意义的，没有作用的。"我完全同意。

以前，我们没有书，书是历史的。以前，我们不读书,有了书之后我们才读书的。

如今,我们谈书的解构,这不是基于哲学的观念,而是基于技术的理由。电脑技术的发展,我们的阅读和书写开始了革命性的变化。我们慢慢看到,网络阅读已经超越了纸质阅读。这一现象还在扩张。对年轻人来说,他们的信息和知识主要来自网络,而非纸质书。

以后我们的纸质阅读会不会放弃?我要说这是一定的。比如,如今几乎已经没有了用毛笔写字的人,除了那些小孩子在妈妈的逼迫下写写毛笔字,谁还会用毛笔书写呢?当然,书法家除外,但是书法家仅仅是为了艺术的展示。

作为生命,我们需要超越书。但是,超越的时代,我们需要看到另一种的可能。

语言—文本—世界

世界是由语言创造的。语言是最初的。

印度文化中说,最初的语言是 OM*。他们相信,语言 OM 中包含着世界的创造、维系和毁灭。

《圣经》里讲,上帝用他的话(言)创造世界。又宣告我们,上帝和言同在,上帝就是言。

世界的改变首先是语言的改变。语言改变了,世界就改变。

在一定的条件下,语言编织了文本。一个文本就是一个世界。因为文本,世界得以可能。

不同的文本构成了不同的世界。文本是理解的源头,是一切的开始。基督徒的世界由《圣经》决定。佛教徒的世界由佛经决定。无神论者由他们

---

* OM(唵):印度文化中的神圣音节。它被认为是最初的声音,其他声音都由此而出。它构成了所有语音的基础。在某种意义上,OM 是印度文明的象征符号。

自己的无神论文本决定……

文本是最后的图像,是世界。文本创造世界,世界被文本覆盖。

文本是一个被解释的对象。文本不同,世界不同。世界不同,文本不同。

文本的发展,依赖于解释和质疑,依赖于生活提出的挑战以及解释的调整,更依赖于文本的互动,也就是所谓的文本间性。在文本间性中,文本面临着挑战和机遇。

文本是力量之源泉,而生活本身是文本的挑战者。在新的生活处境下,会出现新的文本。文本的互动导致社会和人的发展。

文本是圣言。在我们这样子的一个时代,不同文本的不同世界又会如何?我们正走向激进,或者正走向正统吗?对很多人来说,或许无论激进还是保守正统,都是不错的选择。

翻译和国事

再次读了郭良鋆女士撰写的《佛陀和原始佛教思想》(北京:中国社会科学出版社,1997年)。再一次莫名地流泪。

郭先生是季羡林和金克木两位老人的弟子。她学了梵文和巴利文,是目前国内仅存的少数几位精通梵文和巴利文的专家了。她翻译出版了非常好的《经集》,还有合作翻译了印度史诗《摩诃婆罗多》。

从郭先生回想到鸠摩罗什(Kumarajiva)以及玄奘的翻译佛经,大盛之国事也。亦回思国人翻译马恩全集,大盛之国事也。

一个文明大国,亦是一个翻译大国。中国文明之伟大,受惠于她对外来文明的开放和接纳。曾有瑜伽师跟我谈话,说翻译应该是集体行为。我想,翻译应该是国事。希望当今有更多的鸠摩罗什、玄奘及郭良鋆,更希望翻译成为国事。

库比特印象

唐·库比特已经持续出版了 40 多部著作。从中世纪到现代再到后现代,他具有非凡的创造力。每次见到他,总有新书送我。这让我这个自觉也很勤奋的人汗颜得很。他告诉我,他要对耶稣作彻底人文主义的解读;他告诉我,他将再次关注伦理学问题;他告诉我,他最近的新书是《哲学家耶稣》……从他那里,可以看到"学术三摩地"的境界和这一境界的真正力量。

在库比特那里,我分明看到了一个中世纪的库比特,一个现代的库比特,一个后现代的库比特。

哲学做什么用

有位伟大的希腊哲学家说,哲学是为了死亡作准备。这样的哲学是哲学吗？那位伟大的儒家圣人说,未知生,焉知死？换言之,我们应该关注当下生活。也有伟大的印度知微者(seer)说,未知死,焉知生？换言之,我们需要对终极有一正确认识,我们才能好好生活。

无论怎样,哲学总是探索生死意义的学问。这一学问是人所独有独享的。动物不会思考生死问题,不会对未来有盼望和期待,不会思考死后之去向,甚至也不会思考今生如何好好生活。它们只凭动物本能活着。人则不同。人不仅有生死意识,还有对生死意识的反思。哲学就是人对生死意识的意识,也是生死反思的反思。

并不是所有的人都习惯于反思。哲学家是习惯反思的一群人。在印度吠檀多传统中,我们就可以见到这样反思的一群人。读读《奥义书》、《梵经》、《薄伽梵歌》、《瓦希斯塔瑜伽》等等,你就会知道我为什么这样说了。

然而,哲学不是坐而论道。哲学和生活不可分割。我们需要有好的生活,我们就需要有好的哲学。潘尼卡说,好的哲学是拯救的哲学。印度哲学也如是说。

拯救的哲学依赖于拯救的知识。

拯救的知识是将人从自我的束缚中摆脱出来的知识,是人获得心灵自由的知识,是带给人自信和安顿的知识。

人获得了这样的知识并身体力行,今生他/她就生活在解脱中,成为生前解脱者,成为得救者,生活在天堂里,成为活佛,成为真正的人,成为大写的人。

一个人读了很多书,但他/她依然不能平静,烦恼多多,难以制心,可以肯定的是他/她还没有走到开悟、解脱、得救之门。

一个人思辨再多、积累再丰富,但如果心不能满足、不能从理智和生命上得到满足,那么他/她不能开悟,不能解脱,不能得救,不能有真正的快乐,不能有真正的新生命。

要在生命中过一种解脱的生活、得救的生活、自由的生活、超然的生活，这是非常困难的。困难不是外在的，困难是心的真正转变。

　　说到这里，这就已经不是一个哲学知识的问题，而是一个哲学实践的问题。不是理智上的实践哲学问题，而是生命中的哲学实践问题。

终究知识的优先性

这个世界什么知识都有。但只有获得终究的知识才是根本的知识。

耶稣一直提醒我们,我们需要回到源头。伟大的吠檀多哲学家商羯罗同样提醒我们,并教导我们。近代的罗摩克里希那也以他的方式告诉我们,我们需要获得终究的知识并实践之。源头只有一个,同质,却无边无际,难以穷尽。一切的甘露来自源头、回到源头。无论中间的过程有多么复杂和纠缠,都需要回到源头。那才是根本,才是究竟。

人身难得,人身易逝,没有多少时间可以浪费。我们需要明白生命的无常,六道皆苦,必须出离。但很多人只看到出离的世俗维度。当你明白了终究的知识,那么,一切世俗话语和生活才会彻底改变。

真理在流淌

真理是光在流淌

真理无处不在。那花那草充满真理的芳香。

真理在有生命的地方,很丰盛。看那猫,快乐玩耍,静静睡觉;看那鸟,快乐飞翔,天空是他们的游乐场。

真理最喜欢在人那里。我看到真理从那女孩的发间流过,在那充满淡香的肌肤上滑翔。

真理最喜欢在觉悟或得救的人那里。觉悟者、得救者的到来是世间的福音。他/她将带走人们心中无尽的烦恼,纠正人生虚幻的梦想。他/她会抹去受伤者的泪水,送给虚空者以光明、绝望者以希望、烦躁者以宁静、成功者以忠告、失败者以安慰、浅薄者以厚重、无知者以智慧、虚弱者以力量、冷漠者以爱……

在觉悟者或者得救者那里,真理光芒四射。真理是生命,真理是道路,真理是光在流淌。

"经"

"经"是线,将珠子串起来。经是贯穿,抓住了经也就抓住了事物的关键。

从政有经;从商有经;治家有经;育人有经;修身有经;做学生也有经;信仰更不用说有经了。经伴随着生命。

不可知者在不同的经中告诉了我们生活的智慧。那些经就是我们的视域,是我们的神话边界。我们就生活在经构成的语言世界里。恩典和光照一定会通过这些经而来。然而,并不是所有的人都预备好了。相反,人们常常被一些折射的光所迷惑。这时,我们也就自然感到怀疑的价值了。如此,出现诸如"对话经"、"文化间性经"就是很自然而然的了。

第三条道路

在很多时候,人会遇到各种所谓的绝境。

第一种情况,他/她以物质的、精神的、肉体的代价败退困境;

第二种情况,他/她拘泥于患得患失中郁闷、无奈地生活,在极端的处境下甚至结束自己的生活可能性;

第三种情况,他/她超越了自己造成的二元论困境。

在我看来,第三条道路是最实用主义的,因为它是觉悟之道、真生命之道,是在这个苦难无边的世界上最具艺术性的生活道路。

一个人要具备这样的实用智慧,获得这样的实用后果,他/她需要走智慧之道。他/她需要瑜伽精神,需要摆脱迷信和侥幸心理,需要坦然,需要摆脱执著,需要断因、终结果子,需要让自己进入一个全新的生活世界。这样的道理,我在很多年前就不断教导。但理解它的人不多,实践它的人更少。不过,它确实是珍宝。

我们方生方死

儿子丁丁为了美容而去拔牙齿。他很坚定。而我则是坚定的支持者。

整个过程中,作为旁观者,我看着一切的发生和结束。

医生说,拔牙齿时需要全身麻醉。麻醉后丁丁很快睡着了。在手术的整个过程中,他没有任何知觉。换言之,他和死了没有区别。

一个佛教导师说,睡觉就是死亡。每时每刻,我们都是既生又死、方生方死的。

丁丁醒来,我问他有什么感觉。他说没有感觉的。他等于死了一回。希望他经过这一次"死亡",能明白一点、觉悟一些、成长一节。

信仰的原则

一个人在这个世界上能够活着,确实不容易。一个人在这个世界上能够比较满意地活着,更是不容易。一个人在这个世界上能够觉悟自己并快乐地活着,实在是不容易中的不容易。一个人能坦然面对自己的成败得失,能够坦然面对自己的生活风雨,能够承受来自世俗和神圣的阻力而坚持独立的道路,更是不容易。

人在世界上的意义不是被规定的。人的意义是活出来的。

不管他/她是信仰佛教还是基督教或者印度教,他/她是否觉悟、得救、解脱,都不是被规定的。我们没有办法找到任何的绝对确定性。但大致可以肯定的是,觉悟、得救、解脱是一种生命境界或者生命状态。如甘地所说,你的信仰形式只是衣服,这个衣服是可以换的。你内在的生命本质上是一样的。但由于无明的缘故,生命展示出无数的表达式。觉悟的生命则可以在无数的展示中明白自己的展示,参与宇宙的游戏。而这才是我们信仰的原则。

信仰的信用

人们之所以喜欢罗摩克里希那，全因为他是一个坦然的人，一个没有个人特别诉求的人，一个如孩子一般的人，一个自由解脱的人。

罗摩克里希那是一个信仰者，是一个强调信用的信仰者。

事实上，任何信仰都需要信用。不管是佛教还是基督教、印度教都一样。信用是信仰的力量所在。佛陀、耶稣都是强调信用的人，罗摩克里希那和他们有很多相似处。由他们等圣哲开启的传统强调信用的精神依然需要继承和发展。

如今是一个消费主义盛行的社会。我们需要看清楚问题。判断一个宗派、一个宗教人士，需要从佛陀、耶稣、商羯罗、罗摩克里希那等圣哲那里汲取信用的营养。需要擦亮眼睛看清楚信仰的信用并紧遵信用。

看到那光

人们告诉我,那是光。我看到了那光。那光透过空间,出现在你的脸上,展现在你的语言中。

人们告诉我,那是光。我看到了那光。那光透过时间,出现在你的口中,体现在你的行动中。

人们告诉我,那是光。我看到了那光。那光透过灵性,出现在你的心中,表现在你的沉默中。

真实的力量

真实是一种力量。但真实往往使得人在光明中无法生活。

人们宁愿生活在黑暗中或灰暗中。真正生活在真实中的人不到百万分之一。即便如此,那些人也不是裸露在真实之光中。他们穿着某种衣服或披风,遮掩着强光,走在人群中,生活在世界上。

真实的力量在于它透过遮蔽,反射出光芒。人们适合生活在这样的反光中。这是真实发挥的力量。

没有必要担心我们自己遮蔽或被遮蔽。重要的是要知道我们自己遮蔽或被遮蔽着,并有能力调整我们的遮蔽(物)。在我们有足够的资粮时,我们可以除去遮蔽(物),至少需不断地除去遮蔽(物)。

意 志 与 对 话

很多困惑和问题出于人、共同体、宗教或民族等等的意志以及意志之物。

世界是意志的表象。这是奥义书、佛教中的观念，也是哲学家叔本华教授的立场。叔本华先生吸收了奥义书、佛教中的观念，并断言康德的物自体不是不可理解的，那个物自体就是意志。

他说，痛苦的根源在于人的意志之欲望。佛教认为，欲(渴)望是问题的根源。

我们可以知道，问题的处理其实不在外面，而在里面。人与人之间的问题普遍的就是意志问题，简单地说，是各种欲望之间的问题。

如果我们能处理好自己的意志问题，能考虑其他人的意志问题，并能在不同处境下学会处理意志问题，很多问题就不是问题了。但现实是：意志问题非常难以处理。不是吗？

在不确定的尘世

其实,先知哲学家潘尼卡教授已经说了,对话的对话进入了意志的对话。他注意到,对话有独白、对白、辩证的对话,对话的对话。前面三种对话有其合理性,但我们的对话需要进入对话的对话。潘教授的理解非常实际。我们的对话确实需要进入到对话的对话层面,必须上升到意志的对话之层面。

意志的对话非常艰难,这是潘尼卡教授早在几十年前就告诉了我们的,因为它是卷入生命的,并不是单纯的理智对话。事实上,信仰者的对话非常不容易,却是那样的重要。那些卷入意志的对话者都会体验到这点,不管他/她是商人、教师、信仰者、恋人、社会管理者。

我所言

世界上有很多道路。不同的道路可以到达不同的目的地。

伟大的吠陀经对人类的不同生活形态做了不同的描述。同样,《薄伽梵歌》对三类人的生活做了描述,描述了他们的生活目标、价值、信仰、饮食、职责等。在基督教信仰中,哲学家基尔凯郭尔谈到三类生活方式:美学的、伦理的和信仰的。

在推荐某种生活方式时,我并不极端,而是主张中道。但目标是明确的,即便途中有错或有不妥当。人的道路选择直接导致人的生活意义体验之差异。

我们不能去干扰和改变他人的生活方式和意义取向。但我强调,要在沟通中强调不同道路的不同特征。要中立地看待它们,尽管我们可能在不同的时候有所偏向。

在不确定的尘世

我向你推荐整体性的瑜伽,向你推荐解脱(得救、自由和快乐的道路)的道路,这是从我的立场诚心诚意的推荐和肯定,但我不会强迫任何人接受。我总以哲学家和瑜伽师的超然态度来看待问题,自己的问题和他人的问题,这是为了自己的好,也是为了他人的好。

我生活在这个世界上那么多年,经历很多欢喜和苦痛、无奈和悲伤,但在这些迷茫和挣扎中,在一次又一次的自我否定中,在不同哲学和信仰的图像中,在经验的反复中,我毅然地走过草地、沼泽、江河和森林,让我灵魂之脚搁在喜乐之洋中。或许,出于某种原因,或许是没有特别原因的,我会回到"迷执心态",但那从来不会是长时间的,而是一种短暂的身心状态。

我所言,主要是基于我自己的体验和理解。愿我所言于你有益。

沉默是对一切的回答

其实,很多争论是不能解决问题的。以前我一直好争论,要在是非之间划出界线。但生活表明了前后一致的话往往是假的。犯罪之人自我辩护的话往往前后很一致,而一个真实诚实之人的话前后往往不一致。圣人说话也可能前后不一致。越真实的人说话越可能前后不一致。

我曾经取笑一个圣者,说他忙忙碌碌,却不能让每个人都满意。其实,世界上的一切都屈从于各种不同时候的不同的条件,不可能让人人满意,也不可能让一切生灵满意。然而,这不是圣人、觉悟者的最后,他们最关注的是人的生命觉悟而非日常生活的满足,尽管他们并不放弃日常生活。

在日常生活中,如果你争论了但不能解决问题,那就最好停止争论;如果不能在人人之间达成一致,你就沉默;如果你觉得世界是不能通过争论来解决问题的,那就再也别争论了。

其实,沉默是对一切的回答。耶稣在十字架上没有说什么。但我觉得他连那句著名的话都不说会更好,对他边上的两个犯人,最好一字不说,更好。沉默是最好的,最后的,最奥秘的。

沉默,是一朵神秘的虚无之花……

觉悟就是基因变异

有人询问我,孙猴兄为什么会三头六臂,观音为什么会有千手千眼。

很多人对此做了实在论的思考和理解,尤其是那些还没有长大的小孩。我的答案是,这是一种文化现象,要展示、体现的则是孙兄和观音姐姐(哥哥)的法力之大。但在我们的传统文化符号中,三头六臂和千手千眼都是形象化、实在论的。

随着科学的发展,对此,我们又做了新的实在论的理解。在孙兄和观音那里,因为特别的基因变异,他们才具有了这样的神通。那么,修行是一种基因变异的前提吗?在佛教中,不管是谁,只要是有特别能力的人,似乎几乎都经受了基因变异。当然,佛陀的基因变异是最殊胜的了。

从植物基因变异、动物基因变异,可以联想到人的基因变异。人的基因变异可以有不同的方向。

其中一种是人的生命力和能力得到巨大发展,表现在身体上就是异能,更有变异的是人的灵性得到巨大提升。有人说,可以把需要上万年的人的进化过程压缩在几年中或者我们的一个生命周期里完成。这样的生命质量当然是很高的。

命运是不确定的。或许,因为某个原因,身体得到了很大的改变。而在当今比较适合说的是:人的理智得到很大发展,或者人的灵性得到很大发展,从堕落、无明、罪到觉悟、解脱、得救。这种转变就是生命的质变。它类似基因转变,或者就是基因转变。换言之,那些觉悟者、解脱者和得救者已经发生了生命的蜕变。他们和普通人看上去一样,和普通人做的一样,但其实已经完全不同。

基因变异也可以是朝差的方向进化的。如果是这样,在宗教中,他或者她就是堕落、罪、无明,陷入低一级的轮回、罪中。有人设想,科学发展了,在你的身体上植入某种芯片,你就变成了完全不同的另一个人。这样说太简单。但这是有一些合理性的。例如,人的欲望很多,比如说性欲强大,但如果通过科学手段稍微动一下,你的性欲降低了或者从此消逝了。再如,打一下麻针,你的感受性就消失了,任人在你身上动刀都不痛啊。有人告诉我,Swami 就是控制了感官的人,换言之,即修成圆满的人。

核辐射会导致生理基因变异,还有其他各种环境因素也会导致生理基因变异。一个特别的环境,如修炼,也会导致人的文化基因甚至生理基因的变异。在我看来,觉悟就是一种基因变异。

通过冥想、念诵、瑜伽、太极、阅读经典、聆听,你可以转变你的生命,本质上将转变你的基因结构。注意了,我说的基因,既可以说是文化基因,也关系到生理基因。有人对后者持保留意见,但我还是这样坚持着。因为它们之间并不是完全无关的。人的修炼既是文化行动,也是物理行动。这是我的意见。

时间过得超快

你可能感到现在一个星期过得比以前快。你可能感到现在一年过得比以前一年快。

进大学至今已经 20 多年，但觉得一切的发生都在昨天。工作至今已经 10 多年过去了，但觉得自己才刚刚毕业，还和同学爬保俶山。

在过去的十多年中，看看自己做的工作，不多也不少。但是还是明显地感觉到大量时间被浪费掉了。也许没有必要后悔时间的浪费。时间走了，再也不会回来，后悔无益。

走了的一切都不会再回来，感情的、事业的、经济的、历史的、语言的、体验的、神秘的，等等。生活似条河，不断向前，有时流得快，有时流得慢，有时会断流，甚至有时会回流。但不管快还是慢，不管断还是回，生活之河不断朝前，它是一种难以抗拒的"它"。你不能控制它，你只能不断调节自己适应它,面对它,看着它,在有限程度上干预它。

可能你已经有了这样的体会,时间过得快,它让人们对事物的意义有一种说不出的感觉,它甚至让我们的意义活动变得毫无意义。

其实,很多活动是没有意义的,或者不必要的,浪费时间的。确实,我们对生命的关切需要提升到第一位置,对身体、生活的关切服务于对生命的关切(在这里,生命远不止是生物学意义上的生命);确实,在各种传统中都有好的资源可以汲取,但我们在这个时代需要更新;确实,我们可以在有限的时间内让我们的生命质量提升到一个新的高度,一如辨喜所云;确实,我们在众多的生活方式中,可以采取多种方式,而至少在某种意义上采取聚焦式努力是很有效的;确实,我们正走向一个新的时代,我们需要不断探索和实践,不能停在一个点上封闭自己。

我对时间有一种来自心底的珍惜感,出于对生命的惊奇,出于对世界本身的感悟。在时间的流逝中,我们太多的活动是没有必要的,或没有必要在意的,或没有必要执著的,或需要宽容的,或需要坦然面对的……

竞争的终结

人的自我意识是从无到有的。根据东方思想，自我意识不断延伸转化，如泡沫不断翻腾，破了旧的，新的又会产生。自我没有终结。

自我是一切痛苦的源头。智慧传统要我们消除这个自我。但这个自我的消失，是否意味着自我意识的消失？

在自我意识背景下，根据不同的标准，在一定的条件下，人们不断竞争，不断斗争，没有终结。然而，我们知道，很多斗争和竞争之内容不是持久的，在一定条件下斗争和竞争会失去意义。

例如，我们会发现，创造性的写作和发表的意义已经被淡化。慢慢地，它会让人感到没有什么特别的意义，也不值得去追求。很多人经历过这个过程，感觉一定明显。

他们可能发现，尽管不排斥写作和出版，但根本的是人的生活，人的生命之意义的追求才更根本。于是，有一部分人开始觉得，灵修的意义更重要。因为，通过灵修，他们的生命被提升了，意识净化了，或者进化了，他们感到了人生的意义。一切都会过去，生命质量的提升是他们最大的收获。

在追求灵性的人中，有的人觉得达到某种境界、获得某种神通是重要的，于是他们把竞争引入灵修。然而，我们发现，他们可能走错了方向。灵修不是竞争，而是竞争的终结。正如雷蒙·潘尼卡说的，它是默观，会颠覆我们历史意识中发展的观念。在灵性的道路上，我们再次发现老子、佛陀等人的价值。

这真是奇妙。

转　向

　　看了很多生活的细节,做了很多生活的杂事,读了很多古今中外的图书,经历过很多风风雨雨,接受过高深浅薄的教训,承受过种种压力和扭曲,码了无数的文字,吃了很多碗饭,病了很多次,走了很多路,看了很多地方,很多很多很多……

　　这些很多很多的背后没有根基,根基不为这些很多很多提供依据。只是生命的力量可能让个体感受到种种转变,让我们意识到很多很多根本没有必要执著,让我们看到新的生活还有必要,并且是可能的。

　　当下的消费主义时代最终会断送我们这整个时代。无数人意识不到自己的存在之意义,被种种图像束缚着,成了消费主义的牺牲品。重新翻看1972年罗马俱乐部的报告《增长的极限》,看到人类似乎朝一种"命运"走去。人类似乎已经着了魔,无力扭转消费主义时代的潮流。

似乎我们自己不可能发生转向,就连我们的对话也是没有用的,不是吗?提出解决的方案并不困难,提供所谓的"真理"也不难。我们差不多走上了一条生活的单行道。尽管人类自己自觉地扭头而行,但几乎没有可能。

我们的神话出了问题。或许我们在自然灾难面前才有可能猛然醒悟一番。但在某种意义上,这也是没有多大用处的。这样的反思和观察让我们悲观吗?不是。对个人而言,首先应该进行个人的生活转向。对群体,可能也是。而作为社会,最终需要发生整体的转向。如果不能,那么,不是宇宙力量毁灭我们,就是我们自己毁灭自己。

灵性复兴

在一些特别时刻,很多人会改变生活道路或者生命方向。

面对灾难和苦难,地震、水灾、旱灾、自然异常、重大疾病、生活纠缠、战争、物质苦难(和精神贫乏),人们失望了,甚至绝望了;有的陷入贫乏无奈的生活,有的走抓稻草的道路,也有的走解脱之路。走解脱之路的,有各种表达方式,有的也一样陷入新的灾难和苦难之中,如《奥义书》中说的灵性迷幻,其黑暗比物质的黑暗还要黑。

在灾难、苦难面前的反思让人觉悟到事物和现象本身超越了善和恶。我们在这个世界中生活,在生活中出现很多不同层面的导师,耶稣、佛陀、老子、孔子、穆罕默德、克里希那等都是我们生活的导师。他们来自生活,归于生活。我们向他们学习,但我们不能执著他们。面对灾难和苦难,反思新的生活,觉悟自己,这是值得的。忏悔是可以的,转变是可以的,重新整理生活是必要的。但是,觉悟最终是要自己去觉悟,这不能替代。只有自己觉悟了,才是生命的转变,才是人的意义之所在。

毫无疑问,21世纪伴随着全球化,伴随人类的种种灾难和困难,人类的灵性会重新复兴。灵性,它体现了人的生命质量的提升,代表了生命的自觉,代表了一种生命的高贵化。

保护带

在世界上生活,有的人很敏感。他/她多半对人很认真,但缺乏弹性,容易得罪自己,更得罪他人。

生活中,一个人需要发展一套技巧,避免很多口角、很多误解,以及很多不必要的心情不快。

有多种方法。但是,以下几点可能是通用的。第一,需要更完整的知识;第二,不断的实践,在生活中磨炼;第三,在"受难"中汲取教训;第四,一种新的哲学;第五,广泛意义上的瑜伽,一种让人觉悟的方式。

人大致可以分为两大类:一类是不觉悟的大众,他们认同粗糙的身体以及精微的身体,生活在迷惑中、自我中。他们可能陷入感情中很久后才得出来。我常举例,有个朋友单恋持续了七年,现在看看,很没有必要。朋友说就是出不来啊,出来后才觉得七年如烟。有个学生失恋,在床上躺了半年才转过来。一个朋友离婚,过了六年还没有走出来,陷入自找的幻影中。还有一类少数派,他们是身体的主人,他/她的粗糙和精微的身体都是听他/她的,他/她身体是他/她自己的狗。他/她可能会进入生活的圈子,表现出服从身体的样子。但他们是他们自己身体的主人,他们是觉悟的、解脱的。

　　修炼是为了生活,是为了在世界上好好生活、快乐生活、智慧生活。要达到这一目标,就需要有个保护带。这个保护带,一般人是依赖于外在之物,但真正的保护带是超越身体的控制,因为最大的敌人是自我。

　　如何建立这样的保护带?这是一个过程,但一定是很实在的过程。

物理学之后

人们可能有这样的感觉,觉得该学的都学了,该想的都想了,该做的都做了,似乎没有什么欠缺了。这样的人是否可以被称为觉悟者?

很自然地,知识有限度,知识都是在某个系统中的。如果仅仅限于那个系统,你一定感受到自己是"全知的";如果你生活在某个封闭的世界图景中,同时也是权力顶峰者,那么可能你会体验到自己是"全能的";当你处在某个背景下,在一种意识范围内和一种规则系统中,可能你会感受到自己是"全善的"。然而,如今我们意识到,我们是视界主义的,我们不可能真正明白一切,我们几乎没有可能的经验来把握全知、全能、全善。换言之,在我们的经验中不存在这样的对象。如果存在,那只是理性的推演。"启示"无法启示全知、全能、全善。启示的一切是具体的,无法启示整体。有人说,我们可以用比喻。但比喻所能达到的,依赖于我们想象的推演。

我们的经验不能直接进入经验之后。通过理性则可以进入经验之后,但它已经成了理性活动的空间。对理性活动本身的反思,在古代被视为"物理学之后",也就是哲学了。然而,我们不能说理性活动的空间是更真实的,而经验世界可能是不真实的。理性的活动,可能把我们带向一个更人为的甚至是虚拟的空间。

世界是我们的世界,经验的世界是我们的,理性的世界是我们的。如果你愿意说,灵性世界也是我们的。这三重世界都是基于我们的生活世界。换言之,一切世界都是在生活世界之上重新构建的。在不同的人、环境、条件、文化背景、信仰特征下,它们可以出现无数可能的世界,它们都是生活世界的不同展示。

民主的转世？

在传统基督教中，上帝道成肉身是唯一的，并且是一次性的。后来，也有人提出了多重道成肉身的观念。

在印度，人们则使用化身的观念。化身可以各种各样，超越者或上帝可以化身为所有的一切，或者可以说，宇宙就是上帝的化身，动物、植物和人都是上帝的化身。但印度，也有传统认为上帝在人那里的化身其份量要重一些，即在圣人那里的化身最重要，以至于人们把圣人视为上帝本人或者直接代表了。这是印度神话式的理解。

近来，听到观音转世。当然据传这个转世的观音是男身。也据说，只要人们愿意，这个转世就可以为女身。而且进一步，如果人们并不需要，也可以不转世。不转世了，这个观音的时代就结束了。呵呵，这样的说法好有意思。观音的转世也成为民主的了,真正的"与时俱进"了。

观音转世可能吗? 什么意义上的转世? 他的转世是民主的观音转世吗? 人们通过投票,决定这个观音是否转世? 假如有 49.99％的人坚持他转世,50.01％的人不主张他转世,于是,他就根据那点差异转世了? 如果有 33.3％的人要他转男,33.3％要他转女,33.3％的人要他不再转,其他人则投弃权票,我的观音大爷啊,你到哪里去啊? 转不转? 转男? 转女? 麻烦了吧。

在我看来,"民主化身"或者说"民主的(观音)转世"就是一场闹剧。

当然,如果这种转世理论在宗教多元论中可以被接受,那是宗教多元论的悲哀了。当然,这也是本质主义宗教多元论的悲哀了。

软现实主义可能吗?

不时收到来自谭天教授主编的《软现实主义》小册子。这些小册子是艺术家们内部交流的材料。在几本小册子中,艺术家们提出一个艺术理念:软现实主义。

软现实主义是什么?软现实主义是一种艺术态度,它包含:不批判、不妥协、不逃避、不代表、不伤害、不争论。这是对艺术的一种新尝试。

我对传统上人们所谈论的艺术没有什么特别的感觉。我从来就认为我们的生活本身就是艺术。信仰是一种艺术,绘画是一种艺术,哲学是一种艺术,劳动是一种艺术。从这个角度看,谭教授们所谈论的艺术态度是一种特别的艺术态度:不批判、不妥协、不逃避、不代表、不伤害、不争论。这六大"不"能"不"下去吗?如果你尝试这些"不",你确实可以有不少特别的体验和收获。但对很多人来讲,这一态度则几乎是不可能的。

神学和宗教哲学

从历史的眼光看,神学和宗教哲学不是绝然分开的。

神学,显然是指基督教神学。传统上,有三大神学传统,即,天主教、新教和东正教。这三个神学传统之间有很多区别。例如,天主教传统和东正教传统的马利亚论,在新教中是根本不被关注的。东正教中的圣像论显然不被新教传统关注。

从不同意义上说,神学则是多种多样的。时间上,有古代、近代、现代和当代神学;地域上,有欧美神学、非洲神学、亚洲神学、南美神学;以国家来划分,则有英国神学、美国神学、德国神学等;按照肤色来划分,则有白人神学、黑人神学;性质上,有普世神学、本土神学、主题神学(如生态神学、女性神学、过程神学、解释神学、解放神学等、对话神学);观念论上,有传统神学、非传统神学或者主流神学、非主流神学。也有这样的区分：实在论神学和非实在论神学、自由神学和后自由神学、保守神学和非保守神学、现代神学和后现代神学。有《圣经》神学、历史神学和系统神学等等。

宗教哲学经历了一个发展的过程。这个问题可以参看库比特的著作《哲学自己的宗教》，中文版改名为《后现代宗教哲学》。2005 年，我谈了三个层面的宗教哲学：一是基督教神学或者哲学为宗教哲学；二是以基督教为背景的宗教哲学；三是扩展到全球宗教的宗教哲学。如今，我觉得这个范围应该扩展。我们不能停在传统宗教意义上谈论宗教哲学。我之前写的那本《全球宗教哲学》有可能过时了。

目前，我们的宗教哲学还有非常大的发展空间。例如，传统宗教哲学、女性主义宗教哲学、比较宗教哲学、多元主义宗教哲学、文化间宗教哲学、后现代宗教哲学等等。我希望，中国的宗教哲学可以发展为更普世类型的宗教哲学。但不能陷入神学中。神学不是宗教哲学。如果我们把神学视为宗教哲学，那是很不妥当的。

关于谁可以研究宗教哲学这个问题，约翰·希克谈了，我同意他在《宗教哲学》中的看法。我用简单的话说，只要你愿意，不管你是怀疑论者、有神论者、无神论者、佛教徒、印度教徒、基督徒、儒家人士、穆斯林或者人文主义者,只要以学术的立场从事宗教的哲学研究,任何人都可以。

迷人的宗教哲学

我对宗教哲学的爱好已经有 20 多个年头了。由于我偏好哲学和宗教哲学，所以在我的观念里，宗教研究最核心的应该是宗教哲学。对英国经验主义哲学家大卫·休谟来说，好的宗教就是好的哲学。我同意休谟的说法。

我对宗教哲学的研究则是基于我的兴趣、基于我对宗教世界"真知"的探究。我的宗教哲学之研究受到不少人的影响。当今世界最具有影响力的宗教哲学家约翰·希克，他处理宗教哲学问题的立场和方式深深地影响了我。他那深具广泛影响的著作《宗教哲学》(已经出版了四版，发行量超过 50 万册，可能是至今出版过的宗教哲学学术类型中发行量最大的一种)是一部极其优秀的学术教科书。通过这本书，我充分了解到宗教哲学研究什么，能研究什么，让我感到爬到了一座宗教哲学之山，因而看到了以前没有看到过的风景。他的其他一系列书也都对我有影响，尤其是他的吉福德演讲：《宗教之解释》。这是一部系统处理宗教哲学问题、尤其是宗教多元论问题的著作。它已经成为宗教多元论哲学的经典。

我不喜欢让自己把思想固定起来，守住那一思想。我宁愿自己的思想不成熟。正因为这样的脾性，我不喜欢教条，不喜欢绝对真理。我喜欢美国伟大的实用主义哲学家、心理学家和宗教哲学家威廉·詹姆斯，他也做过吉福德演讲，演讲内容是《宗教经验种种》。我也认同罗蒂的协调真理观。因为约翰·希克批评他的学术对手库比特先生，我也就接触了库比特的思想。他目前已经是非实在论宗教哲学的学术领头人，也是基督教人文主义运动——信仰之海运动的精神领袖。没有人可以忽视他的宗教哲学。因为各种因缘，库比特的书在国内已经出版了 12 本。说实在的，库比特的思想对我影响相当大。而因为库比特的缘故，维特根斯坦的哲学对我发生了更加积极的影响。当然，一直以来，晚期希腊怀疑主义、休谟的怀疑主义、康德的不可知论、费尔巴哈的宗教哲学、马克思的宗教观、尼采的宗教批判、弗洛伊德的精神分析、女性主义的分析法，等等，这些都对我具有直接的学术影响。

在不确定的尘世

跨文化哲学家、印度学家、佛学家、基督教神学家雷蒙·潘尼卡对我的影响则是根本性的。到目前为止，我还在持续受他的影响。

我对印度哲学、尤其吠檀多哲学的兴趣则完全出于偶然。我非常认真地读了不知多少遍的《薄伽梵歌》，这是迄今为止人类历史上最好的宗教哲学对话录。因为雷蒙·潘尼卡的影响，我对佛教的兴趣也增加了。我基本上把佛陀视为非实在论哲学家。在多种偶然的因缘作用下，我对吠檀多有了全新的认识，并相信它确实是人类精神发展的一个高峰。吠檀多哲学具有极大的包容性。在这个各种形式恐怖主义盛行的当今世界，吠檀多哲学可能会为我们解开"结"提供新的可能。

我自己写过宗教哲学的书，但现在我觉得那本著作需要做出重大修订了。可是，要修订出一本全新的具有创造性的宗教哲学著作并不容易。不去抄袭，不去克隆，要有思想，不容易啊。但，迷人的宗教哲学一直让我放不下。路，还要走下去啊。

神学是人学

德克斯塔的新书《基督教与世界诸宗教：诸宗教神学中争论的问题》(2009)很有意思。德克斯塔知道，在欧洲他这样的书是没有人看的。但为什么德克斯塔还要写呢？据他说，其中一个原因是因为他是吃这个饭的。这话说得有道理。

早年的德克斯塔以研究约翰·希克出名。最初德克斯塔是支持或走拉纳的兼容论的道路。我读过他的一篇论文，《为兼容论作辩护》。觉得很有道理，写得真好。他的理智很发达。

德克斯塔对多元论的分析非常有意思。他把约翰·希克的多元论称为统一性的多元论，把雷蒙·潘尼卡的多元论称为多形态的多元论，把保罗·尼特的多元论称为伦理的多元论。然而，他对这些多元论一个也不认同。他不仅批判了约翰·希克，也批判了威尔弗雷德·坎特韦尔·史密斯、雷蒙·潘尼卡、约翰·科布、保罗·尼特等人。德克斯塔说约翰·希克的多元论是不可知论,并且他也批判了兼容论。批判的最后他干脆反对基督教和其他宗教关系的三分法:排他论(巴特)、兼容论(拉纳)和多元论(约翰·希克、雷蒙·潘尼卡、保罗·尼特)。弥尔班克等人则走得更远,走向了保守的后现代主义——激进正统派神学。

德克斯塔只是宗教哲学家的代表之一。从宗教多元论的发展看,基督教神学思想的变迁是基督教自身和其他信仰共同体之间关系的变迁在思想和学术理论上的反映。排他论显然是独断的、帝国主义式的、叠置他者的。如今,很多保守的基督徒喜欢巴特。其中的道理在哪里?如果是自觉的,那主要是因为巴特提供了一个保守的身份。然而,这个身份在当今世界的理性上是不可行的,也违背了耶稣本人的精神(耶稣不需要我们强调身份,要我们做盐做光,照亮众人)。但是,在人的灵性上、在人的非理性层面,这一思想则具有巨大的存在空间。这让很多深具理性的开放之人深感失望。可是没有办法。

如今,对于全球范围保守主义的发展,所谓开放的、开明的人们看着有什么办法?那些保守的理论是真理吗?是启示吗?是弥尔班克所说的启示?

不可能的。那是高级的武断。看看历史,我们就会知道,神学是政治,或者是政治性的。神学是人学。费尔巴哈也早就说过了。但众多的信众并不这么看。他们不从现实看、不从历史看,他们从灵性看。然而,他们并没意识到、或者他们有意忽略了灵性本身的政治性。在很多时候,灵性和政治无法分开。

当今世界,文化和信仰多元化突出,世俗化突出,人文主义突出,科学技术突出,沟通突出。基督教神学面临着巨大的挑战。神学家们不断反思,希克的工作就是一个最好的证明。雷蒙·潘尼卡的工作也是证明。其实天主教神学家和神秘主义者托马斯·默顿也是一个很好的证明。

从理性上说,人们不满意排他论,甚至也不满意兼容论,而对于多元论则同样提出批评。人们不仅需要基督教尊重他者的身份,而且要尊重自己的身份,并且要求摆脱宏大叙事,要走向具体的相互学习和启发。比较神学则是在后现代背景下,在排他论、兼容论和多元论的背景下,尝试走向更真实、更和谐的宗教关系、信仰间关系。但在我看来,比较神学依然是保守的。一个脱离了天主教、后又皈依圣公会的佛教基督教对话专家佩里·斯米特—卢克尔则提出通过信仰间对话走向基督教的转化。

他这样的用意,摆在传统基督教神学中是荒谬的。

如今,当代语言学转向、后现代转向,导致了基督教神学两个大转向。一是保守的后现代的、后自由主义的转向,如弥尔班克的激进正统派神学。另一个则是开放的后现代的转向,在美国如泰勒,在英国如库比特。库比特也主张多元论,但他的多元论完全不是希克、雷蒙·潘尼卡、保罗·尼特等人的多元论。在库比特这里,神学已经完全成了人学。

就我个人而言,我希望完成神学到人学的转变。但考虑到世界的层次性,我们可能需要接受《周易》中的某些原则来处理这样的问题。所以,我并不接受一种线性的神学发展观。

吠檀多的困境

吠檀多哲学已学了甚久。然而,还是有问题无法解决。这些问题无法解决,就如同问一个基督徒为什么上帝存在,而不是问上帝存在还是不存在。

佛陀曾经对弟子们提出的很多问题不予回答。佛陀认为,那些形而上的问题是没有意义的。为什么没有意义?因为,针对人要摆脱痛苦这一急迫的问题来说,那些问题没有意义。然而,那些问题有答案吗?显然,后来的佛教发展有很多不同的回答。如果我们真的知道最后的真理,那佛教内部就不会彼此冲突。如果我们人类真的都认识"那个真理",那么佛教和基督教的理解应该是一致的。然而,佛教和基督教的理解很不一致,佛教和印度教的理解很不一致,印度教内部的理解很不一致,吠檀多哲学传统内部的理解很不一致。很多人是修行的大师,是神秘主义者,甚至都是有所谓的神通。

但遗憾的是,他们能通成一个样吗? 没有! 绝对没有啊!

吠檀多哲学的一些问题,伐致呵利、商羯罗、罗摩奴阇、摩陀婆等大师分别给出了很不同的回答。例如,为什么梵要展示? 为什么梵会展示? 是谁在追求解脱? 是我吗? 我是谁? 我不是一个有自我意识的身心构成物吗? 这个我不是依赖于我们的语言图像吗? 如果会反问我是谁就一定有一个抓不住的我在? 诸如此类的问题困惑着我们。这叫我们如何是好呢?

然而,为什么会这样? 吠檀多无法让你满足——图像出问题了;佛教无法让你满足——图像出问题了;基督教无法满足你——图像出问题了;自然主义、无神论、怀疑主义、人文主义等等也都无法满足你。有人说,把你的自我意识打消了,就没有问题了;心安了就没有问题。然而,这样也就是把根拔除了。就如同一个孩子缠着大人问很多,大人答不出。当然,你可以把孩子打死。这样哪里还有问题要问? 没有了。

这些问题,谁能回答? 如果我们不走信仰主义的道路,如果本着实事求是的态度,我们如何回答? 我们承认不能回答不是很好吗? 正如鬘童子对佛陀说的,不知道就不知道嘛。鬘童子没有错。佛陀也没有错。问题的关键是我们要做什么。

在吠檀多的问题上,我们采取一种实用主义的态度可能是最基本的了。

耶稣这个名字就是把人从苦难中救出来。耶稣也是实用主义的。佛陀是觉悟者,佛陀也是实用主义的,要解决人的痛苦,实用主义和经验主义就行。同样,吠檀多哲学也是实用主义的。我们能说多少就说多少嘛。

问题回答不出,但有一点是可以确定下来的,即,我们都可以走实用主义和经验主义的道路,并且,我们首先要解决的是,我们如何摆脱痛苦并好好生活(live well)。这是我学习哲学、神学、佛学、印度学等等的最后看法。

"上帝之后"的世界

当代哲学家泰勒(Mark C. Taylor)在《上帝之后》一书中提出了一幅新的世界图像。

泰勒说,如今,如果我们不了解宗教,那我们就根本不了解世界。他认为,我们这个时代并没有因为世俗化而让宗教退场。相反,世俗性在西方是一种宗教现象。那些世俗主义理论家误解了宗教,一如信徒误解了世俗主义。如今,宗教并不是和文化分离的,而是渗透一切文化。伟大的宗教社会学家韦伯(Max Weber)认为资本主义的兴起和新教伦理有关,尤其和加尔文主义有关。但韦伯不知道,如今的全球化更多的是和路德主义有关。如果韦伯能活到今天,他一定会写出《新教伦理和全球化的兴起》。

世俗性是一种宗教现象,早在4、5世纪的西方教会中,它就已经得到了界定。分裂世界的宗教战争具有文化根源。泰勒认为,嬉皮士、激进主义者、福音主义者和五旬节信徒,都是在以抵制中心化的体系和等级权威的名义,寻求可信的个人经验。如今,宗教新右翼的新基础主义加强了新保守主义和新自由主义。而这两者主宰了当今的意识形态。以绝对主义的名义攻击相对主义的道德狂热者都是虚无主义者,他们拒绝当前的世界,因为他们相信正在来临的未来天国。

如今,来自相互竞争的绝对主义的最迫切的危险并没有得到传递和关注。泰勒指出,绝对主义必须让位于关系主义。在关系主义中,一切都是相互联系、相互依赖和相互发展的。上帝之后,神圣者不在哪里。神圣者在呈现的创造性之中。这种创造性塑造、损毁、重塑无限的生活结构。在伦理学中,没有上帝,没有绝对性地推动和维持全球创造性的生活之呈现。

也许我们面对着宗教中各种绝对主义会感到绝望,因为它们影响着地球的命运。信仰在冒险,未来不确定。

有神论语言

在当前的日常生活中,语言发生了变化。如今,我们的语言充满了有神论味道。例如,"天佑中国"、"祭奠在天之灵"、"祭祖"等等。人们普遍认为,这是以人为本的做法,并得到了普遍的认可和好评。

从一种可以解释和理解的角度看,社会普遍允许有神论语言的出现,是一种人性化社会管理的表现。而从非实在论角度看,应该更合适。无神论表达的语言可能太极端,非实在论在表达上则不同于无神论。或许,我们可以更多地从非实在论的角度来理解我们当前日常生活语言的变化。无论对于人们还是对于政府,这样的变化意义非凡。

尼采的天国与生命

尼采的很多论著充斥着他对天国和生命的理解。

"天国是内心的一种状态(——关于孩子们,他们都这么说,'因为天国是属于他们的'):'超出尘世'的一切都是虚无。上帝之国什么时候到来,是不能按照编年的历史,不能按照自然的日历来计算的。它不是那种'在某一天降临,那么,在此之前的日子里就没有降临'的东西:相反,上帝之国乃是一种'个人的感官变化',乃是某种任何时候都在到来,任何时候都还没有到来的东西……"(《强力意志》,161)

"和日常的那种生命相对立,耶稣提出了一种真正的生命,一种真理中的生命:因为他最讨厌的莫过于那种笨拙的、毫无意义的'永恒化的彼得'、个人肉体生命的永恒延续……他也反对……等级

制度：他从未许诺过任何一种论功行赏的比例：他怎么可能会谈论彼岸世界的赏与罚呢！"（同上，166）

"'真生命'和'假生命'的对立被误认为是'此岸生命'和'彼岸生命'的对立；把'永恒的生命'看作是'个人的不死性'，从而把它和易逝性的个人生命对立起来。"（同上，170）

关于天国，实在论的理解和非实在论的理解不同。耶稣的理解显然是非实在论的。上帝的国不是一种物质实在或者制度实在，而是我们的感官之改变。这同样是非实在论的。

一个人文主义者可以走向一种健康的灵性，生活的灵性，这和禅宗的觉悟具有相似性。

对话的极限

世界并不缺乏智慧的教导。在过去六千年的历史中，人类已经累积了无数的智慧果实，可以处理人类面对的任何问题，即便面临不可预测的宇宙之变，人类也具备了坦然面对的艺术。

但是，我们看到，这个世界问题依然存在，并且有过之而无不及。人类并不会因为智慧的增加而永存于世界。哲人们说得对，智慧常常只是我们欲望的工具。如果是这样，那么科学、技术、文学、信仰等等一样也都是人的欲望工具。

于是我们探讨对话，希望通过对话使得世界和平到来。对话被视为人类成熟的标志。但如果对话本身也是被控制的，那么对话也不能解决问题。我们已经不断地意识到对话的极限性。

人类难以自行走向自觉。人类需要某种内在的光照才有可能发生转变。至少在这个问题上，我是某种程度上的数论支持者。我们每一个人都被三德(三种自然属性,代表属人尺度的愚昧、情欲和善良)控制。我们一切的存在和活动都发生在这个世界上,我们存在的极限依赖于这个世界存在的极限,而非其他。人的自觉不是依赖于三德转化,而是内在的生命意识转变。但是,是什么力量转变了我们? 我们如何意识到自己的生活好或不好? 这是不是外在习得的?

如果存在超越习得的内容,那么它一定是生命本身造成的,是生命的爆发。如果是这样,我们就很可能会完全接受一种宇宙游戏的图像。只是这个游戏是自然主义的还是非自然主义的,值得继续思考。但不管它是自然主义的还是非自然主义的,都是生命本身自足的游戏。

如果人类意识到了宇宙的游戏性,意识到了生命的普遍性,意识到了个体生命的一体性,意识到了个体生命的游戏性,人类就可以摆脱束缚,看到自己在光明之中。人们说的诸多问题就会消失得无影无踪。这时,我们只能用类似星球碰撞的壮观美景这样的比喻,来祝贺你的"觉悟/解脱/得救/解放"。

对话让个人和群体走向人性的光辉、走向社会的保障、走向生命的辉煌、走向宇宙无形的和谐。但,对话的极限,你看到了吗?

对话的终结？

不同人基于不同理由宣称对话的终结。今天，我也说对话的终结。西方的宗教对话理论让我预感到这样一个结果：宗教的终结。东方的宗教对话理论让我预感到这样一个结果：宗教灵性化。

我们不可能找到普遍的本质，让我们的对话继续，并让人坦然接受。让我们接受的不是宗教的奥秘，而是生活的现实和生活本身的奥秘。宗教需要围绕生活、解释生活，但生活本身并不全然接受宗教。它是不可控制的。我不得不说，我们以往的各种宗教对话理论都是"无效的"，换言之，这些理论都只是尝试对生活中的现象作出解释，试图通过解释以到达克服彼此抵触或者包容彼此的目的。也有的对话是护教学的，护教而不是护生活，生活并不需要护。有些对话是出于无奈，是彼此在有效空间中的一种协调，试图通过调整或者重新解释彼此的信仰图像以及利益来进行协调。当然,那些提出新的整合的、修改的、综合的、新颖的图像的人是"伟大的"、"聪明的"。但不一定和真有关。

对话是人的对话。只要存在,人就要对话。要高贵地存在,就要高贵地生活。对话是走向高贵生活的一种方式。

对话专家试图通过反思神话来解决对话中的难题。这很有效。但也非常困难。

我们的对话到了一个边界。到头来,我们说,对话预设了一个前提,但不同宗教可能有不同的前提,所以对话的困难在哪里也就明确了。

如果你愿意,下面几个对话规则应该可以让我们的对话取得一些成果:

1. 从个体原则到人类原则的扩展,最终到宇宙原则的延伸,让个体的人和人类、自然、宇宙有一种一致性、内关联性。

2. 理性原则。

3. 和谐和喜乐原则。

4. 游戏原则。

这四个规则似乎是存在原则、智慧原则、喜乐原则和宇宙自主原则的表达。以前似乎有实在论的嫌疑,如今从过程的角度理解。

这样美好的原则,我们可以努力实践。但宇宙自然本身又是如何的呢？圣人雷蒙·潘尼卡告诉我们，是节律。在《对话经》的释论中，我似乎把自己对对话的理解推到了极限。从此之后我再谈的对话谈不上有大的突破性发展。在这一意义上，对话终结了。

我的学生彩虹说，这四个原则中，游戏原则是否总括性的？存在、智慧、喜乐似乎都在游戏之内。对话的发展代表人本身的扩展。以前人把自己局限在几条教义里面，现在人走出去了，走向了宇宙和生命本身。

而我的弟子灵海则讲，对话是个过程。我们对"对话"的信仰坚持出于对对话过程的坚持，而不是任何形式、任何版本的"对话预设"。"预设"不能用作任何形式的或道德、或价值、或伦理的目的。

对于这样的对话理解，你以为如何呢？对话是否终结了呢？

记忆、逻辑以及历史

很多人相信,历史是发展的、进化的、进步的。然而,如果你从外星球来,或者你放下自我、默观历史,你会吃惊地发现:历史根本谈不上进化、发展。历史上的大家说,分久必合,合久必分。这样类似的观念已经不是历史进化、发展之观念了。

进入具体的历史,我们便可以发现,伪历史(而真历史并不实有)更多。历史只是一种记忆。但记忆的客观性让人怀疑。因为这种记忆必须服从那个特定历史时期人的意志。除非意志多元化了,记忆才多元化;如果意志是比较单一的,历史记忆就比较单一。如果条件变了,环境变了,我们所需要的历史记忆就会不同。除非"证据"没有了,人们的记忆才能真正消失。历史始终是一种解释、一种记忆。对于我们普通人来说,我们的记忆是次记忆,甚至是次次记忆。我们的历史记忆更是扭曲的,叠置了又叠置。

逻辑是一种奇怪的东西,它是一种特别的工具。逻辑可以为任何人、任何阶级、任何处境的人服务。但逻辑的力量是有限的,它必须服从于意志、利益和偏好等等。那些唯逻辑的人是需要自我警惕的。我已经说过,逻辑的力量是有限的。只有在一种条件下逻辑才能发挥正常的作用,即,使用逻辑者的诸条件、处境在同一个范围内。不然,逻辑无法帮助人们去理解,更无法去改变什么。

逻辑用于历史研究,那只能说逻辑服务于相应的历史研究者。不同的历史研究者必定都使用各自的逻辑,却可能得出各自不同的结论。其中的道理很简单,逻辑只是工具,它不保证客观性,不保证结论真,它只让相应的(证据)材料在某种处境下具有一致性、合理性。你可以注意观察某些要人的谈话,每次都谈得很有逻辑,但如果你把每次谈的放在一起,就显得很滑稽。不同时候(时期)的内容放在一起,各自都很有逻辑,逻辑就如变戏法。

历史不断反复,甚至反复无常地进行着。有人问我,为什么历史会这样。我打了一个比喻,可能不很恰当,但有帮助。人人都可能谈恋爱,历史上的人谈恋爱,今天的人也谈恋爱。无数的人谈恋爱了,我们也可以有无数的恋爱资源可以使用了,无数的教训可以学习了。然而,以前的人谈恋爱有痛苦,今天的人谈恋爱仍有痛苦。以前的人谈恋爱会盲目,今天的人仍会盲目。该发生的还是发生。历史也一样。历史经验是一种虚幻,历史并不可以累积地前进。如果历史可以累积地发展,那么无数战争就不会发生。甚至,我们的空气就不会如此糟糕,我们的水就不会被污染。

历史在进步?在发展?相信历史进步、人会累积性进步的观念,很大程度上是一种幻相!然而,我们不是在谈论觉悟之道吗?哈哈。那是在谈历史吗?

文明的终结还是终结的文明?

美国前副总统戈尔发表演说,他说我们人类文明的未来处于危险关头。人类的生存环境面临前所未有的挑战。

早就有人预言了我们人类的发展动向并提出了拯救之道:文化裁军(尤其裁西方文化之军)、跨文化对话、走向超历史意识。

然而,似乎有一种难以控制的力量推着人类朝前走,个别人和少数人的意志根本不能改变它的走向。这一点,人们意识到了。从一个角度看,我们看到的是一片黑暗,而非光明一片。这对很多人来说肯定是悲观的。很多人感到他们在等待着什么。

目前人类的主流价值观基本上不适合人类和地球之间的和谐关系。人类的灾难只能增加不能减少。不相信?只能看了。

我写了篇《我的有罪生活之一天》。我这个关心环境的,却在一天内制造了很多垃圾。今天,我们倡导不用塑料袋或付费使用,我看这是非常无聊的没有意义的,因为这一行动对于世界的塑料化没有根本的影响。今天一个人对环境造成的污染,在过去10个人甚至100万人也不能相比。我们在加速污化地球。反讽的是,其中还有所谓的神圣意义!

作为哲学家,我深深地感到是我们的主要价值观出了问题。它们让我们人类彻底地走向并非福山教授意义上的"历史的终结"。我们正走向卡利年代、末法时代、末世。我们能让这个世界好一些吗?在我看来,我们现有的历史神话根本不可能让世界好一些。目前的大量问题都是枝节的问题,没有任何大的意义。

有哲学家说,我们经历着面临着一个持续的灾难时代。我们几乎意识不到整个人类文化价值观出了问题,人类的意义生活方式出了问题。

沉默的大多数只能无奈地面对自己的宿命。那么,究竟是文明的终结,还是终结的文明?这是个难以回答的复杂问题。但我们必须给出某个答案。

一切都是卡利

哲学家们、宗教家们用尽脑子,最后想出两条理解和解释世界的路子,一条是本体游戏,如老子、庄子、晚年孔子、希腊大部分哲学家特别是普罗提诺、顶峰人物黑格尔、奥义书、整个主流印度文明等的路子;一条是语言游戏路子,如某些后现代思想家。

文学作品说,人生如梦,人生如戏。确实如此。这是一场梦,我们在梦中表演。我们不醒来,就不可能把梦做完。当然,也有人喜欢或者愿意做醒梦。

成和败都是梦,好与坏也是梦。在生活的调教下人们自己明白,或者得到恩典加速明白。但人们屈从于神秘的业。

业是伴随众生的一种"无明之云"。它没有客观实在性和持久性,属于一种缘起的漂浮物。打破业,不执业,业就失效。但业是那么的强大,紧紧依附在众生身上。写到这里就想哭啊。为谁而哭?但,但,但,除了哭泣,能做多少?理性的帮助力量很小,语言的帮忙力量很小,身心的帮忙能力有限。有无数的菩萨,但这个世界还是处处无明! 伟大的耶稣,你的宝血能帮多少人呢? 你死在无明之刑下,之后多少人一样死在无明之云里!

这世界,就这样。"生活就是折腾!"没有信仰的、有信仰的都一样接受生活的折腾。明白的,跳出无明之云的生命,你们是众生的导师。

顶礼! 顶礼一切古今先师! 顶礼一切众生! 顶礼生命! 顶礼大地! 顶礼!

当然,这只是故事的一半。用印度语言说,卡利女神还没有让这个游戏结束。一切都是卡利,一切都是卡利。

游戏的开启

生活的奥秘在于游戏。我们都参与了生活的游戏。

游戏无处不在,从世俗到神圣。佛教徒有佛教徒的游戏,基督徒有基督徒的游戏,印度教徒有印度教徒的游戏。

你生下来就已经参与了游戏,游戏于你是先验的。不同的文化,不同的信仰,游戏都是先验的。

你可能觉得游戏得很不顺或者很爽,或者某时不爽或者顺,或者爽或者顺。这些都是可能的,自然的。

参与游戏,可以被动,也可以主动。当我们意识到游戏性,当我们意识到游戏自身的特征,得救/解脱也就降临了。得救/解脱/开悟,不在彼处,就在此处。快乐不在彼处,就在此处。

宇宙/生活游戏本身不会结束,但作为个体的局部游戏参与会结束。一个人的游戏结束了,他/她就消失,存在化为虚无。我们都是从虚无中创生的,我们也都消失在虚无中。这就是游戏,全部的游戏。

滋养的世界

孤　　独

　　孤独是一个老话题。哪个年代哪个地方都有人在谈论孤独、抱怨孤独。但享受孤独的人依然是少数。

　　人们普遍认为,人是孤独的。存在主义者更是强调人的孤独性。很多人还坚持认为,人在孤独中才有真正的思想创造。

　　我不这么看。没有人是真正孤独的。

　　人来到世界上不是独立的,不是孤立的,他/她始终是关系性的结点。在任何意义上,都不能说人是孤独的。但人却体验到孤独。这才是问题所在。人自隔于他者,尤其自隔于存在之根。太阳每天照耀着,但人们并不时时能感受到阳光。为什么?因为我们困于种种因素与之隔离。同样,我们不孤独,但我们感到孤独,这是因为我们自隔于他者,自隔于存在之根。

在不确定的尘世

存在主义者描述了很多自隔状态。这是人的异化状态。《圣经·传道书》是一篇很好的存在主义作品。但有人说,它最后走向神。这是表达:没有神,世界没有意义,世界是虚空。在某种意义上可以这么说。但我们也可以用跨文化的语言表达,并且可以说这样的解释只是一种解释,其他不同的解释也一样具有合理性。

然而,在这个世界上,我们并不一定生活在真实中。可以说,我们生活在不同的面纱下。各家各派努力寻找揭开面纱的方法。儒家有"天人合一"之境,道家"人法地,地法天,天法道,道法自然",佛教"诸法无我",印度教"梵我合一",基督教有"神我合一"之境。孤独不可能独立存在,它始终是一种关系状态,并且是一种被隔离的状态。当然,这不是人的本来状态。各种信仰既是面纱,又是揭面纱者。一切修持者,只要达到一个足够的层面,孤独就如阳光下的雾气一样消散。

愿你我明白,孤独之雾气从未存在……

承受误解

一个人被误解却不生气。不容易。

一个人被误解，不解释，也不生气。不容易。

一个人被误解，而不断解释，却依然被误解，而不生气。不容易。

一个人一直被误解，一直不生气，或生气是为了对方好。更不容易。

一个人一直被误解，一直解释，但依然被误解而承受一切，却不生气，并依然考虑对方的好。更更不容易。

承受误解的能力是一个人觉悟的标志之一。

选　　择

那些做出点像样事情的人确实都是具备一些品质的人。他们不会轻易被人的意见所左右。他们的标准也不会依赖于他人的标准。人们的标准并不会轻易成为他/她的标准。

我见过一个哲学家,他的爱人告诉我,一个人(特指她丈夫)既然走向哲学的道路,就应该有心理准备。确实,这位哲学家走了非常特别的哲学道路。

其实除了哲学领域,其他领域也一样。人在世上,时间有限。能做点自己满意的事非常有意义。但不同领域,道路不同,效应不同。如果你不能确立起自己的标准,不能克服其他标准对你的压力,那么你做事会很痛苦。

剑桥哲学家维特根斯坦,继承了巨额遗产,但他把财产全都散尽了。维特根斯坦一生追求哲学。

滋养的世界

期间他认为他自己已经完成了哲学,就不再做哲学了。但后来又做了哲学。他留给我们的遗言是:告诉人们,我这一生过得很好。我去看了他的坟冢。坟冢的石板上除了他的名字和出生时间,啥也没有。他静静地睡在那里。每年都有一些仰慕者、吊唁者去看他。但他一言不发。

这是人的选择。在一个共业甚重的时代,做出某种自己的选择不容易。我们都需要有很大的定力和"前世预备"。

坚　　持

很多成就并不需要你有太多的智力和实力,而是基于你有没有坚持。坚持是一种特别的品格。

我遇到过很多人。有的非常聪明。但他们多是说说的,而不是做的,更不是坚持做的。他们可能也做点,并且很快看到一点果实。但是,他们不能坚持做,到头来并没有做出什么来。这样的人我们可以遇到很多。很自然,很正常。

也许你会强调条件、机会、聪明等等因素。但其实很多人并不真的缺乏这些因素,他们真正缺乏的是坚持不懈的品格。

四种力量

没有力量是不行的。没有内在的力量更是不行的。

在我看来，人人都可以有的或可以发展的力量有四种。

智慧的力量。真实的佛教让我们意识到它是伟大的力量，可以让我们明白而解脱人间的各种烦恼。

行动的力量。通过历史的考察，通过历史的反省，我们看到行动是非二元的力量，它可以让世界发生转变。行动可能被扭曲，但行动本身是非二元的。

爱的力量。爱是世界丰富性的表现，是世界意义的表现，是萨克蒂能量的展示。从里比多到宇宙性圣爱的表达无不体现出爱的力量。爱的力量也可能被扭曲和异化，但它本身并不扭曲和异化。爱的实现是非二元的。然而,在生活中,爱的展示经常是二元的,因而总是带来痛苦和烦恼。

信仰的力量。它是对上面三种力量的坚持和选择,进入意志的领域。

你最好融合这四种力量。如此在这个世界上,你就会生活得更实在,更幸福。

时 间 之 剑

时间从不对人客气。

一晃一年了，一晃几年了。尽管历历在目，但可能是三年前、七年前、二十年前的事了。时间之剑将你心中的一切感觉进行了修改，正如库比特所说，对大多数人，那是又苦又甜的。生活对我们每一个人都是有限的、短暂的、不可修正的。生活不会对我们好一点，也不会对我们差一点。

生活是上帝的眼睛、上帝的手。时间在上帝的手上。你最实用的、最明智的生活道路是过一种短暂—永恒的生活。短暂是永恒的横切面。在短暂中体验永恒。别刻意追求死后的永恒，因为你今生所达到的就是你死后所达到的。让自己行在地上如同行在天上。

对过去的记忆都是不可能之爱的表达。一切的一切都在时间女神的长发中消散，成为片片幻化的彩霞。

悲悯和生命的一体

人生出悲悯常常是因为他/她看了太多的无奈、人间的苦难、众生的无知、大地的垂危、意义的崩溃。佛教中说，人生是苦，观心无常，观法无我。在空性中，我们就可能生出悲悯心。

悲悯的本质是生命的一体。在宇宙中，一切都以不同的方式关联在一起。如果觉悟了关联的道理，我们就可以获得大智慧，能坦然面对宇宙却又自然地参与其中。

然而，在这个物质世界，能觉悟的何其少啊！物质的解脱是非常必要的，但不是究竟。然而，只有灵性的解脱也不能说是完整的。因为，物质性依然是法性或者道或者空或者上帝的展示，用基督信仰的话说，是持续的道成肉身不可分割的部分。

生命一体的本质是宇宙一体。在宇宙之家中，我们确实是碎片，有知觉的碎片。这个碎片是小宇宙,但不是另一个宇宙。宇宙一体的本质是一元。

一元是我们的根。一元的本质是混沌。根是不分的一体,必然混沌。

混沌的本质是不确定。没有什么是确定的。人们所言的自由还没有出现。

不确定的本质是可能性。自由的展示不是二元论的,是生命本身的自由,是非二元的,道体自然的自由。

可能性的本质是世界的多元和差异,对峙和斗争,是非和善恶,公正和邪恶。

而这些的本质是二元。古今中外哲人何言哉!

二元的本质是宇宙、世界、社会、人生、宗教、科学、艺术、经济、政治、道德之博弈性。

九天显灵海,风光古今同;阴阳自太极,悲悯圣俗通。

蜡　烛

　　点亮蜡烛,亮了头上,黑了脚下;照了前头,黑了后头。在太阳下,都光明了,也不用争论蜡烛的是与非。

　　智慧者知道,蜡烛就是受制于时空的太阳。

其　实

其实，你没有必要那样用功、紧张、在意、依附。

你，你只需要坦然、不执著，你的生活就完全变化了。其实，你需要的只是慢。

我们都需要，慢的生活，慢的节奏，自然的循环，自然的生息。

无数的文化珍宝，我们没有去享用。无数的文化遗产，我们没有去爱惜。无数的灵性喜乐，我们没有去更新。无数的生命能量，我们没有去展示。大部分的时间中，我们可能还处在文化和本能共同编织的迷幻中，并代代相传，世世相续。

其实，你可以明白，你可以摆脱教条的迷惑，获取信仰的芳香；

其实，你可以明白，你可以砸碎灵魂的枷锁，实现生命的解放。

　　神话伴随左右。我们该走出神话学之网，安居在创造性的神话中，生活在不断更新的开放成熟的神话中。

叠　置

思想家是最受他人叠置的一类。苏格拉底、孔子、佛陀、耶稣、尼采都是被我们大大叠置了的对象。

女人最容易叠置男人,因为她的感情是叠置的发动机。

一个人越"高级",越觉悟,就越不会叠置他人。

在一个专制的群体中,人的被叠置很难改变。在一个民主的群体中,人的被叠置相对容易改变。但个人的自由和基本权利的保障是避免很多被叠置命运的条件。

感情上的叠置让太多人成为蠢人,成为疯子,成为可怜虫。很多女人和男人都很容易陷入这样的叠置。

道路（一）

世界上有各种各样的人，世界上有各种各样的路。不同人因为各种条件限制，会走不同的路，成为不同的人。

限制的条件有内在的，也有外在的。内在的包含了五个身体，简单分法就是粗身和精身。外在的则有文化的、经济的、环境的、政治的、人际的等等。

人们看问题基本都是从"我"、"我的"出发。因此生发出各种各样的说法、看法、做法。

普通人始终受制于三德。这三德本身很复杂，导致不同的人生状态。然而，智者知道，不管如何变化，人人都具有本质的同一性。智者不会被迷惑。

如果你天生具有自我知识，那么你很容易达到分辨的境界，从而摆脱轮回之洋。觉悟的生活是神圣的，也是世俗的。他们的心不被迷惑。觉悟者看

滋养的世界

上去和普通人一样,他们吃饭、休息、工作、做爱、娱乐、交往。但他们也不是在吃饭、休息、工作、做爱、娱乐、交往。他们只是运用了感官,让感官活动。但感官对自我并未造成影响。

如果你天生不具有自我知识,那么你可以主动或被动地培养、接受、吸收自我知识。是什么力量让你去主动培养?可能是你的内在自我。内在自我是一种无缘的恩典。从个体看,这个恩典本身是神秘的。但从整体上看,恩典并不存在。你的内在动力是三德中善良品性的展现。生活中的痛苦和曲折会引发善良品性发挥善的作用。尽管最后,善的德性会消失,但善的德性却引导人们走向自我觉知。这是机密的知识。

芸芸众生,有多少人在主动追求自我知识?有多少人找到了自我知识?你告诉他们说,自我知识是所有知识之王。但事实上,真正理解这个道理的人并不多见。

自我知识超越了其他一切。它是生命,是奥秘之所在。有了这样的知识,我们可以走得更远。

道路（二）

　　每一个人都在走路。不同时候可以走不同道路。或许，一个人在走很多条看得见的路，但他/她很可能只有一条潜在的路。

　　有人想改变你的路，有人想跟从你的路。但你需要走好自己的路。

　　走在你前面的人，他/她可能是你道路的显明者。他/她不会改变你的路，而是让你走得更加自觉和有效。

　　走在你后面的人，他/她会以你为榜样，走好他/她的路。

　　走在其他路上的，走在与你平行路上的，可以彼此欣赏。

　　走在与你相反路上的，你需要警惕，你不要迷惑自我。

　　在生活的路上，有很多诱惑，很多歧途，换言之,道路经常给你罩上面纱。

有时,同情心会大大阻碍你的行走;有时,同情心会让你迷失在道路上;有时你的软弱,会让你浪费三五年的光阴,甚至更长,丢失甚好的机会。聪明的人,应当反思该怎样走过生命之路。

走在路上,你不要为自己失去了什么而担心,不要为自己生命没有支撑而恐惧,不要因生存压力而迷失本真。生命的道路从来就是这样。只有将你的心锻炼得像水鸟一样灵动,像荷叶一样遇水不湿,你才明白一切物质色相不过是梦幻与泡影,你才能达到《薄伽梵歌》里倡导的不执境界,你才会达到《心经》告诫我们的"无有恐怖"之境,你才能明白耶稣教导的把世界视为桥的道理。如果你依附了,你一定有恐怖,一定处于被动,无法做儒佛中的"大丈夫"。

如果道路确定,即便行程很慢,甚至犯了这样那样的错误,也能很快调整过来。为了避免出现太大的问题,生命的探索者或许需要许下大愿,确定方向,常常反省,时时磨炼。

如今,上帝已经彻底地入世了。我们需要实现上帝的大愿。但这并不是最重要的。最重要的是,要让我们的生命或生活本身神圣化,打破我们的神圣和世俗之界。这才是异常丰盛的奥秘。

理　　解

　　我们不渴望得到他人的理解吗？不是的吧。

　　人的理解是有层次的。有的理解可能把人贬低了，有的理解可能把人拔高了。更多时候，人们是在信息的层面就信息进行沟通而非理解。

　　比如，我们认为我们是大学生，对方是小学生。然后，你告诉对方这个事实，对方不高兴。即便是事实，对方也不高兴。因为，彼此的私我太强大了。

　　对话理论中，发展出了他者理论。但我们也发现，一味强调他者的独立和不同，并为对方的他者性作极端的辩护，那也是没有太多意义的。相反，却可能产生不少消极的意义。人是生命，是成长的机体，是不断更新的存在。我见过这样的学生，他强调他的个殊性，并为他自己的存在和观念辩护。但我告诉他，如果要走向自觉，他就必须放弃那些过时的观念，那种他性是需要超越的。但他被私我所钳制,怎么可能超越这个私我?要走向自觉之路,他需要克服太多的障碍,而这些障碍却是他骄傲的地方、表达他性的地方。

一个人不会游泳,准备学游泳。但在学会游泳之前的那些他性要保留,要维护,那是很可笑的。有些求道者就是这样。如果你的信仰要发展,要让你的生命发生蜕变,达到自觉或者解脱或者得救的境界,那么你就需要开放和谦卑,需要精进。这时,或许教练应该把他推到水中,把他淹下去、喝水去。但他往往不能理解为什么教练这么凶。

在后现代,人们普遍地认为人人都在一个平面了。这是对后现代世界的误解,更是对后现代新人类的误解。

生命是有层次的,在不同文化和社会中,人与人不同。我们要注意到那些不同在什么地方,在同一文化系统中,人的差异在哪里。从意识的高低看,有的只是猪狗的层面,甚至猪狗不如。有的是猴子的层面。有的处于愚昧中,有的处于情欲中,有的处在善良里。有的超越了善恶,有的是宇宙灵魂的化身、众生的导师。但在这个时代,我们容易看到这样的化身吗?很难,很难。但不是没有。

后现代,我们需要再次从生命的质量和层次来看待人类,看清关系,理解命运,建构意义。并且我们需要有一种整体的看法。因为我们往往把一切纳入我们自身的世界图像中进行理解。我们难以做到跨文化、跨信仰的整体性理解和宽容。在这个充满娱乐和消费的世俗时代，人人都有傲慢的症候，傲慢似乎已经深入了骨髓。而傲慢是暴力和叠置的因缘之一。我们经常面对语言的暴力和观念的强加或叠置。我们也习惯于叠置和强加他者。理解往往伴随着误解，特别是在不同层面之间确立关系的时候。例如学生常常不理解他的老师。老师看在眼里，只能依赖劝导、沉默、忍受、时间、冲突。但有一天，学生明白了过来，从不会游泳变成学会了游泳，从石墨变成了金刚石。或许这时，学生才能真正明白他的老师。

自　由

　　自由是人的生命本质，是自我的本质。自我始终是自由的。被遮蔽的自我被等同于"我"，才出现了不自由。

　　人们习惯了在不自由的状态中生活，不会太多意识到真正自由的宝贵。但一旦他意识到、窥探到那自我之光，感受到那自我的自由本性，他就会毅然地奔向自由，回到生命的本来状态。

　　人被不同的假我束缚着，被不同的幻相遮蔽着，习惯于处在"我"和"我的"观念之中，真正自我的记忆消失了，陷入各种各样的折腾、烦恼、二元对峙之中。于是，所有的价值标准都基于二元对峙，再无法摆脱，天堂和地狱，好人和坏人，对和错，有和无，痛苦和快乐，自由和束缚。虽然我们不脱离这个因无名之云导致的身心体，却也能体验到自由和快乐。但我们需要觉悟才能明白。不然，我们体验到的自由和快乐是二元对峙的自由和快乐。然而，通过二元对峙的自由和快乐本身，我们也可能觉知那超越了二元对峙的自由和快乐。

在这个世界上，我们通过二元对峙来理解自由和快乐，也还是会走向自觉。但这个走向的过程并不是自我保证的。它是偶然的，由各种因缘导致的。痛苦之人可能走向自觉，但也可能走向自我消沉，甚至自绝之路。他们在三界上下波动，没有穷尽。所以，我们称这个世界为苦海。

我们已经在这个苦海中了，我们无法抱怨在其中，但我们可以考虑摆脱这个苦海的束缚。为什么我们能够摆脱？因为我们的本性是绝对自由、绝对喜悦的。我们可以慢慢地或者突然地觉知我们的本性是没有二元对峙的，一切的对峙都来自于无明，是幻力所致。当我们意识到这种幻力，我们就会在顷刻之间感受到它们的不存在。

自由是我们的本性，只是被我们忘记了，被我们的乌帕蒂（身心限制条件）束缚了。我们会在某个时刻，在一些狭缝中看到绚烂的光芒，在某些时刻感受到我们本来的自由面，那是我们本性的光芒。即便你生活在感官的魔幻之中，你的心中依然是清楚的，你不是那。你不属于那。你是那的观照者。你会适时地离开那些幻影。自我知识让你明白,让你觉知,你会达到极大的分辨境界。正如商羯罗师告诉我们的,解脱的根本在于分辨。因为分辨,心意从现象幻影中慢慢地或者突然地摆脱出来。

当你有了分辨能力,你就重新获得了自由,你看得明白。尽管在世界上生活,尽管你和其他生物体一样活动,但你已经是完全不同的了。你是世界的光,会照亮世界。你是人之师,主动参与了自我的游戏。从根本上说觉悟是不存在的。存在觉悟是一个相对的观念。一切都是短暂的、流逝的,都是时间性的。但在相对的层面,我们看到了一切的差异。在一切的差异中,我们看到了一切的统一。在一切的统一中,我们看到了看不见的宇宙和谐。在和谐中,我们看到了生命无尽的游戏和奇妙的世界幻化。

一切荣耀归于自我。

遗忘作为礼物

当今的生活已经发生了很大转变。

你会发现,如今你连郁闷的时间也没有了,郁闷也没有必要了。你可能在感情、经济、权利、权力、机会、关系等方面被欺骗了或受到了伤害,但你几乎没有郁闷的时间,你不得不接受"即过即止"的生活态度。一切来了,一切去了。什么都是你的,什么都不是你的。不管世俗的还是神圣的,它们都会出现,都会过去。你无需执著,你也无法执著。明白真相,你不要郁闷。相反,你需要善待上天送你的最好礼物之一:遗忘。其实在生活中,容易遗忘的人是幸福的。很多很多事物,都需要我们及时地遗忘。要学会自发自觉地遗忘,过上尽可能好的生活。

在神学中、哲学中,对遗忘的研究还太少。苏格拉底关心的是恢复我们的记忆,而非遗忘。《薄

伽梵歌》中说,克里希那是遗忘。有意思的是,英雄
阿周那差不多遗忘了爱主克里希那在战前告诉他
的《薄伽梵歌》……

忘记了和没有忘记了的

在梦中你也不能说服我。

世俗之神圣是完全实在的。对此,你只能争辩吗? 其实这正是你说过的。只是你忘了。

真的忘了。我努力要想起,但失败了。

每个人生活都不容易。绝大部分人都觉得没有实现自我。很少有人觉得满足。

人们习惯于在生活的平面上来衡量高低。平面的苦海是二元论的,但人们始终习惯在二元之间来回摆动自己而且并不厌倦。

少有人向垂直的维度观看自己。也少有人出离苦海平面却依然生活在这个海上。人们忘记了这样的宇宙维度。

理智的明白不是真明白。只有像王阳明先生说的那样达到知行合一才是。知道的人多,行道的人少之又少,他/她如荷花,不沾水;如泥鳅,不为泥土所限制。这是我们还没有忘记、也不该忘记的。

简单的生活

简单的生活并不难,但少有人愿意践行。

简单的生活是我们的目标吗?我们本来就是简单生活的。只是我们的心意和自然属性使得我们离开了简单。然而,离开了简单,就不好吗?

也没有好不好的。只是简单让我们感到,我们的话会不断减少,我们的判断会不断减少,我们的要求会不断减少,我们不再对那么多的东西感兴趣。

简单可以维系某种形式的和平。那是在《薄伽梵歌》中、在耶稣的教导中、在佛陀的沉默中可以体验到的……

最大财富

世界上的人，命运个个不同。最大的不同不是在于拥有的物质的差异，而是人意识的差别。

人们容易受制于各自的观念图像。不管他/她生活在什么环境中，他/她似乎总不满足，总有抱怨，总生烦恼。

但其实，你得到了，失去了，但你依然在生活。你的生活大于你的得和失。

人在生活中总是意识到自己拥有的这个那个财富。这还不够。在生活中，如果觉知自己的本性，并且达到不执的境界，这才是最高的财富。换言之，觉悟本性才是最大的财富。觉悟之人是真正享受最高财富的人。他/她是人中龙凤。他/她的每一天都是丰盛的、喜乐的，他们往往不在人的判断之内。他/她是大地上的犀牛。

三摩地是一种生活方式

三摩地是个熟悉的名词,似乎是一种非常高深的修行状态。其实不然。三摩地不仅是一种修行的说法,更是一种生活的方式。

达到三摩地的道是多条的。为什么通过智慧之道就不能达到三摩地?完全可以。因为有人通过音乐进入了三摩地,不是吗?

经典描述了有依三摩地的境界,那是不执的状态。他/她看到、看着一切的发生,但发生的一切似乎和他/她无关,他/她始终处于不被干扰的自由观照状态。无依三摩地则连这些也没有了,达到融合的境界,也就是全然忘我了。

三摩地的状态令人向往。出了三摩地,进入二元状态,我们依然是被束缚的。

在我看来,要让自己出了三摩地却和处于三摩地一样,可以考虑以下一些要点:第一,需要一套好的哲学，或宇宙论，或宏大神话；第二，需要在生活中不断地有意识地锻炼自己，因为实践是最好的导师；第三，努力让自己的感官和心智达到某个高度；第四，具有某种不断变通又相对稳定、合理的生活方式。如果依据这四点去努力实践，那么很可能在日常生活中你就会处于有依三摩地的状态了。

经常看到一些人很痛苦，并且执著于那种痛苦。他们说，痛苦是生活必需的历练，更是修行必要的过程。呵呵，这样的话是很不究竟的。痛苦不是生活的应然状态，更不是修行的必要经历。生活是自足圆满的，在生活中的修行是智慧快乐的。

其实，无论说得多么高深，三摩地就是个非常简单的生活方式——只要你明白了、放下了、不执了，你就三摩地了。

生活中成长

人的成长是非常复杂的。

每个人都需要成长。但每个人成长的方式却不同,就如每一个人的指纹各不相同。

从神秘的角度看,人的成长和人的业(行动)的关系非常密切。人的成长有很多是偶然的,更多的则是非偶然的。一个人的道路究竟如何往往不是事先清楚的。几种和灵修有关的成长模式分享如下:

第一,觉悟者、解脱者、得救者,和非觉悟者、非解脱者和非得救者之间的成长互动模式。这一模式类似于导师和学生的互动。一般地说,这种模式是为了学生。然而,在互动中,其实导师也在不断成长,好学生和差学生都会让导师成长,得到灵性发展。认为导师只是输出"智慧"的说法是不科学的。

第二,觉悟者、解脱者、得救者,和觉悟者、解脱者、得救者之间互动的成长模式。这是伟大的关系,成长更明确、更明朗。

第三,非觉悟者、非解脱者和非得救者之间的成长互动模式。这依赖于诸多因素,比较复杂。

第四,非觉悟者、非解脱者和非得救者自身的成长模式。

但人因为业的缘故,总会成长,而不管处于哪种关系中。生活是唯一的舞台。人总在生活中成长。在第二轴心时代,人的成长更微妙,更多元。但不管怎样,每个人的成长都是个持续的过程。希望你快快成长,我说的不仅仅身体的、物质的、知识的、美德的,更是精神的、灵性的成长!

日常的珍贵

总有一些人,经历了一辈子也不明白作为一个人的整体意义之所在,甚至到了"尘土归尘土"的那天也不明白。

人们可能在某个意识形态中得到了"满足",也可能在某个信仰中安了"家",可能在某种感情的折腾中度过了一生,也可能在追求权力的得失中了却了一生。他们不明白,其实,日常性才是我们生活之根本。

普通大众没有办法一直折腾。但事实上,他们也一样折腾。他们不觉悟,他们只是等待着折腾的一群。

很多人在抗争,他们不服气。然而,生活何其特殊。当我们抗争得没了力气,当我们走过了漫长的艰辛道路,当我们经历了人生的种种,或许那时我们才安静得下来。但,不管你抗争后得到了还是失去了，最后都得安静下来。

生活是我们的唯一的家，包含一切，有冷有热，有激情有冷漠，有确定，更有不确定，有生有死，有美有丑，有正义有非正义，有意义、有无聊、有无奈。你想得到的都有，你想不到的也有。你的生活就是丛林。你不能抱怨它。抱怨是无效的。

不管生活之家如何对待你，你都得珍惜。因为除了这个家之外，你一无所有。生活是唯一的。在这个唯一的生活历程中，你度过一生，其中你不管遇到什么人什么事，都要珍惜。这个珍惜不是为了谁，而是为了你自己。只有在这种珍惜中，你才能认识你自己和这个世界。

养人不如养狗?

养一个人远比养一只狗来得不容易。

养人和养狗的细微差别并不为人所关注。养一个人,要担当更多的义务和责任。养条狗或养只猫,义务和责任要小得多。我们很容易发现,人的依附性更大,而对于猫或狗则自然没有什么依附性。人的自我意识和养人的人的自我意识,这两者之间存在了差异和张力。养个人要难多了。

从深度意义上说,换言之,从终极层面上说,养人和养狗或猫是一回事。其间的差异只是一种假相。但人往往生活在假相中。因此,养人才会具有更大的价值。当然,在我看来,这样的问题最好取消。

无论养人还是养猫养狗,我的立场是随缘。对猫或狗不要执著,对人也不能执著。一切都是有原因的。我们需要一种不执的生活艺术。这种艺术,不仅要求我们在实践中不执于人,也要不执于事,不为活动结果所束缚,不要在生活的相面上流转。我们需要培养起一种万物一体却不呆滞的心灵境界——

　　因为空,你不可能虚无;因为色,你一定是满足。

没有意义的生活

人们似乎都在悠然地过着有意义的生活。其实不然。

很多时候,我们体验到了生活的没有意义。或许,我们只是参与了无谓的、不自由的宇宙游戏。意义并不在世界中。意义只在于人。

人人都面对着平凡的生活。很多人对这种平凡性感到恐惧。他们要改变。事实上,大部分人并不会因为这种不甘心的改变而得到生活的意义、提升了生命的质量。很可能他们绕了一圈,又回到了原地。或者他们自己也知道将回到原地。也有人绕了一圈,却不知道自己绕到了哪里。

在这样的时候,我们看到了一个成熟生命的重要。我们需要成熟的生活哲学,我们需要自己预备。

生活的意义确实在于人,在于人自身对世界的意义赋予。意义是一种创造。但,为什么我们自己不能很好地给出意义？为什么我们不能感受到生活充满了意义？为什么我们充满了迷惑和惧怕？我们不断思考这样的问题,就会不断地得到不同的答案,信仰的、人文主义的、科学的、哲学的、诸传统的,乃至基于个人经验的答案。

或许你已经接受过了各种答案,但它们依然不能满足你。因为你是一个不断追求的人。为什么有一种力量一直在推动着你？为什么到头来你依然是空虚的惧怕的？为什么人和神都不能满足你？你自己可以不断思考这样的问题。

你接受过各种思维图式,你已经走过了这些图式。或许你的面前还是黑暗的。众人生活的图像对你没有任何价值,它们是暂时的、甚至是浅薄的,它们无法满足你。各种神灵无法满足你,因为你知道了它们存在的机制。你陷入了虚空。或许,你会有种众山好小的感觉。但同时,你更有种无奈在心头。茫茫宇宙,你感到唯你一人而已。你需要退回到生活的世界,以便让自己沉隐下来。

生活的意义就在这样的背景下自由地展开着。神已经不见,历史已经终结,人已经终结,生活已经终结。但我们依然不能脱离哲学和生活的经验。在充满混乱、漂浮,或像肥皂剧一样没有指向、虚无主义的后现代时代,你选择怎样活着呢？但愿你有你自己满意的答案。

即过即止烦恼

人在世界上,除了没有烦恼地生活,还有其他什么样的生活呢?

有人说,西方极乐世界、天堂是最好的生活。但如果一个人为了上天堂、上极乐世界而生出这样那样的烦恼,或者给人带来这样那样的麻烦、抵触、纷争和伤害,那么这样的极乐世界、天堂有什么好呢?耶稣说,那些自己兄弟都不能和解的人断不能到父那里去。换言之,我们自己的问题没有解决就别谈父了。耶稣这话说得还真好。至于到了父那里会是怎样的,那些带了烦恼的人怎么会知道?因为他们所说的天堂是他们的想象。

生活的游戏始终是深藏的,它不愿意人们轻易地窥视它的奥秘。室利·罗摩克里希那把这视为上帝的游戏。游戏没有结束。作为人,破解游戏的秘密、做到没有烦恼是了不起的。佛教中有这样的说法：佛就是没有烦恼之人。但是，作为人没有烦恼太不容易了。容易一点的是对烦恼的不执。对于烦恼，采取即过即止的态度是实用的。

劝　　导

　　一个人太执著他/她的心意,就会活得特别累。到头来,也不知道那么执著是为了什么。想得到的都得到了,但为什么还是那样不愉快? 更有甚者,走了极端。值得吗? 在劝导人家时,他/她头头是道;但自己遇到一丁点事,就成了热锅上的蚂蚁,或成了三岁小孩。他/她会用强大的理智力量告诉他人是是非非,但在处理自己的事务时,就和那些被劝导的人一样了,甚至有过之而无不及了。

　　很多道理没有用,说了等于白说。他/她执著、在乎没有任何意义的细节,并对细节大动干戈、伤肝伤肺,并说:小事就是大事。他/她甚至用伤害自己的方式做出愚蠢的语言和行动回应。他/她自以为是有效的,其实毫无效果,毫无意义,增加的各种心态也是多余的。

　　相处是一门伟大的艺术。但怀抱执著之心肯

定难以处理人与人之间的关系。有人告诉我,你写了那么多散文,但核心只有一个:不执。我说是的。但我谈了那么多不执,并不意味着你看了就能够明白并能够去实践。相反,人们总是一边明白着道理,一边断断续续地执著着。一个人即使有信仰,无论是哪种信仰,如果不能处理好自己的执著心,那么哪怕把经典全部背诵完了,也是无济于事的。得救、解脱、成圣,不管是什么,一个人要超越自我,进入自由和欢乐、智慧和慈悲,就必定需要不执。不执是一个人全新生命的开始和基础。不执,不仅包括世俗的,也包括神圣的,包括对感情、财富、权利、权力、事业、人际、语言、思想、自我、生命和灵魂的不执。当你看见自己什么都不是的时候,你将会有新的生命。这时,真正的智慧和慈悲就会显现。

生活理论和生活

　　你可能有一套很好的生活理论,但你不一定能过上很好的生活。

　　生活是一门艺术,依赖于你的实践智慧和先天条件。从佛教或者印度教的立场看,你曾经的业造就了你今生的很多生活图像。但你可以不断改变这些"先天的"图像。说得神秘一点,就是你可以不断地修炼、修行。辨喜说,通过瑜伽,可以让我们原来需要几千年甚至几十万年才能达到的境界在很短时间内达成。对此,我是接受的。

　　尽管生活无所不包,是一切的一切,并且生活常常是冷冷的,甚至残酷的,但生活可以不断地被创造、重新上色。不管你此刻的生活境遇是多么糟糕或者多么好,你都可以在两个维度上修改它、创造它:水平维度上,就是要尽量扩展生活好的一面,避免不好的一面(最初的好不好之标准是人的感受性,但它是关系中的感受性,是人格意义上的感受性);而在垂直维度上,就是要更新生活的质量,转变生活的层面,实践生活的新可能,进行格式塔一般的转变。创造和更新的资源是多方面的,经典、圣人言圣人行、自己的反省以及经验和现实生活世界的观照。

我们需要生活理论,但我们更需要不断更新的生活理论。我们的唯一归宿是生活。真正诚实的生活很可能不是人们习以为常的样子。

我倡导跨文化灵性的生活。它是一种不断展示可能性的生活,也是第二轴心时代的精神生活。

新生活默观

　　每一个人有每一个人的命。但这个命不是本质的,而是缘起的。没有一个整体生命是事前超验地被决定的。部分的先验条件是你生命的基础。但它们并不向你保证什么,也不完全决定你是什么。

　　人没有本质,只有生命。这个世界充满了各种偶然性。我们不能确保我们的下一步。我们只能按照一般的规则思考下一步。但那也不是绝对的。

　　需要意识到,我们的主观性会起到特别重要的影响。有句名言:习惯决定性格,性格决定命运。你的习惯可能对你发生根本的影响。

　　每一个人都是有差异的。在这个世界上生活,我们需要发展出独立的自我意识,不断反思我们自己。道路不是单一的,意义不是单一的。我们有很多的价值观可以选择,但我们应该建立自我意识,选择一种更实用主义的生活观,过上一种更具意义的生活。

信仰的生活是有效的生活之一种,也是有意义的生活之一种。事实上,没有人没有信仰,只是不同人信仰不同罢了。信仰是多元的,我们需要尊重不同的信仰。不同的信仰提供了观察世界的不同窗口。基督徒观察世界不同于其他信仰者,佛教徒观照世界的方式也不同于其他信仰者,同样的,儒家人士也以不同的方式来观察世界、对待世界。

信仰不是凝固的,信仰也需要不断更新,在新的时代背景下调适自己。各个信仰都应具有时代意识,要以自己独特的方式吸收不同意识,服务众生。

我是信仰多元论者,而且我比以前更具有多元论的色彩了。我没有停留在哲学家希克所谈的康德类型的多元论模式之中。

信仰不能基于一堆教条,意义不能基于事情之成败。重要的是,你要拥有一个健康的生命,成为一个对话的生命。因为终极言之,你来自虚无,也终归于虚无。你是这个世界舞台上的展示。我觉得最实用的是你要认识你自己,并实践一种认识自己的生命。基督教、佛教、印度教、伊斯兰教、儒家都是要我们认识自己,尽管它们对认识自己的理解并不一致。

　　这个时代是个机遇。我们因此都可能参与这个新时代从而成全我们自己。这个时代也是挑战的时代。我们因此都可能在真正进入这个时代的过程中终结了我们自己。在这样的时代中,我们都需要新意识、新团结、新对话、新生活。

点击率真相

很多明星都开了博客,一时间人气非常旺盛。过了不久,其中有一些就冷冷清清了。他们多么渴望得到万人的瞩目啊。

很多学者也开了博客,但点击率少得可怜。一些所谓的宗教网站或者论坛,同样冷冷清清。生活就是这样啊。

点击率不是一切。但点击率是什么呢,说不清楚。但至少有一点可以明确的,点击率点出了人类当下的生活状态,点明了社会的风向。

开办一个负责的博客,需要一种良好的心态。不然,点击率常常会引发不快。事实上,博客是一种全新的生活方式。对我们来说,可能是一种很好的修炼手段。对追求灵性生命的人来说,更可能是一种全新的灵修方式。

默观点击率,很可能你会明白很多道理。例

如，一直以来可能你并没有好好思考过，你的点击量达到某个高度时，对你的身心会有什么刺激。可能你也没有好好思考过，当一个明星努力开博、努力写文章但点击率少得可怜时，对这个明星会有什么样的内心刺激。可能你也没有好好思考过，当一个学者开博客而响应者很多或者很少时会有什么影响。

在当下社会，点击率似乎就是力量，就是存在。在这个问题上，灵修者需要避免灵性上的迷惑。

眼泪、生命、文化

"5·12"汶川大地震带走了我们众多的父母兄弟姐妹。我们流下的眼泪前所未有。泪水洗涤悲伤,但无法把生命重新带来。泪水之后我们依然需要生活的勇气和智慧。

人是自然的一部分。我们来自自然,我们也归于自然。但我们中很多人的归不是自然之归,而是偶然之归。这让人生无奈。自然将无数人引向死亡。对多数人来说,这是恶。但从终极意义上讲,这和恶无关。所以,我们不要抱怨,我们需要面对。更重要的,我们需要成长,最好在这一生中觉悟自己,做个快乐和幸福的人。

大地震让我们更加意识到生命的一体性。进一步,在更广泛的意义上,生命一体性不是仅仅属于人的,它属于一切的生命。

生命一体是人类最初的东西,但现在在它的上面盖了层厚厚的"文化"物和"文化化"了的欲望、意志和利益等等。古代圣人告诉我们：初念是圣贤，转念是禽兽。绝大部分时间人们都生活在生命之上，因为生命本身的生活似乎很脆弱。我们似乎怀揣着我们的初念，但是往往一转念就忘记了我们的初念。

轴心时代之后，宗教和哲学普遍呼吁人们要摆脱转念、实现初念，我们要像孩子一样，童心，乐园，纯真，无我，解蔽，开启存在。文化发展，从根本上说是为了人。文化批判是人在进行文化批判，不是文化本身的文化批判。

哲学要反思这些。生命依赖不同的文化要素来保护自身不至于自我消亡。人类内部也需要生命的保护机制。文化让我们的生命有一个场地，生命在其中走向自觉，则是最理想的。在这个过程中，文化中的一切（包括文化批判）都应该被使用。在这里我要说，宗教，特别是东方宗教，是为了让生命走向自觉的道路。如果耶稣得到正确的理解，他同样也是让生命走向自觉的道路。换言之，轴心后宗教试图要让人摆脱异化、走向真实的生命。当然我们也知道，宗教是一种依托，不是究竟。药和药方都很多，但从新的轴心时代立场看，适合全人类的药和药方并不多。而在新的时代，出现新的药方,但不一定被接受。耶稣说,时候到了,悔改吧。但两千年来,人们似乎没有真的明白耶稣的教导。

我们需要究竟的文化、觉悟的真知,需要极大的爱和热情,更需要生存的转化,不管是宗教的还是非宗教的。个体的圆满、拯救和解脱的时代正走向终结。我们需要生命一体性的转变。如果没有大的存在智慧和存在节律,我们的历史不仅将终结,而且没有进一步展示的可能。文化需要裁军,存在方式需要转化,神话需要改变。

另一种可能的生活

佛教说，色空不二。这何等奇妙。

印度教说，无德之梵不离有德之梵。这何等奇妙。

道教说，有生于无，有归于无。这何等奇妙。

基督教说，尘归尘，土归土。这何等奇妙。

犹太教说，一切都有时。这何等奇妙。

上山，过江，来到梅村，我又去了台伯河、长江、黄河、恒河，如今，我畅游在南太平洋。进入我的精微心意，坐进千瓣莲花中。

生命在光中穿梭，不需要怀疑。那不是可能，那是"是"。辩证法没有生命。你在世界上，你也不在世界上。存在的，也是不存在的。不存在的，也是存在的。眼睛虽看不见，但一切是那么奇妙。

佛教说，生死即解脱，轮回即涅槃。出世即入世，入世即出世。神秘即开放。一行禅师说，在当下,处正念。正念即和圣灵同在,即和圣子圣父一体。圣灵即能量,正念即能量。众生二元已入冬,也开春。

起点保证了终点。心意的光收缩,沉默。

无名,无意,无心,太虚,混沌。

沉默,爆发,意识之光再次开放。

是天国,不是天国;是乐园,不是乐园;是涅槃,不是涅槃;是真理,不是真理;是有,是无;是梵,是非梵;是圣言,是非圣言。

我在乔治·福克斯的家乡写下以上文字。若你看不懂,也请别问我。

完成了就是好的

一年又过去了。回想起来，似乎什么也没有做，又似乎做了很多事。其实，做了，忘记了，是比较实用、比较好的态度。

哲学是为了生活，宗教是为了生活。不管你接受了什么样的生活图像，我们都需要回到生活世界。生活世界是我们唯一的世界。我们可以对这个世界说 YES! Yes to this life, yes to our life, yes to this only life! 接受我们这一世唯一的生活吧。

生活没有色彩。色彩是我们(过去的我们、现在的我们和未来的我们)添上的。天国地狱是我们的；天人合一是我们的；人法地，地法天，天法道，是我们的；梵我合一是我们的；涅槃轮回是我们的……

不管你落在哪方，不管你处于哪道，你都要对生活说是。这是我能给你的唯一劝说。并且，完成了就是好的。

不确定的尘世

我为你流泪

耶稣的泪水,谁能体悟? 而玛利亚的泪水,又有谁能明白?

千军万马的战场上,阿周那的泪水是因为职责。千头万绪的杂事中,普通大众的泪水是因为奔波。济公殿前,我们看到的是游戏神通和济公的心泪。在无数的无奈中,在无数的劝说中,在无数的经历中,在无数的追求中,我们在三德的钳制下,泪水从没有停止过。泪水穿透了三德,为天人合一提供了契机。菩萨的爱啊,穿透山河。

觉悟者的泪水,一定是观众生,陷入三德,受制五蕴,即便行大愿而为,也效果难见。在夕光西下的时刻,他/她的泪水从眼角流下,混入他/她的汗水。

谁能理解众生的泪水,谁能理解善人的泪水,谁能理解菩萨的泪水?

此刻,我为你流泪。

文字，我们的全部家园

文字是如此奇妙。如今除了用文字表达出来的，我们已经什么都没有了。

人们常说，超越了文字表达的，是不能用文字表达的。其实，是他/她不愿意表达、不好意思表达或没有能力表达，而非不可表达。例如，我们私下的体验，其实哪里不能表达呢？是我们不希望表达，或者不愿意表达，或者不敢表达，或者不容易准确表达。

看看古代印度圣人，他们表达了大量的神秘经验，很多人不能理解他们的文字。例如，你如何能理解SOHAM？SOHAM的字面含义是"我是那"。解释一下，就是："我是阿特曼，或者，我是梵，我不是身体。"当今这个时代，我们有多少人能理解这样的道理？如何能体验到并实践之？

吠檀多哲学说，梵是不能表达的。但我们不是已经表达了吗？我们不是说梵就是存在、智慧和喜乐吗？我们不是也用"不是个，不是那个"来理解梵吗？

人有不同的生存层面，至少可以分四层或者四大类：愚昧性的、情欲性的、善良性的和超然性的（弃绝性的、非二元的）。灵性也分四大类：愚昧性的、情欲性的、善良性的和超然性的（弃绝性的、非二元的）。我们没有必要把所有的灵性都视为一样。那不妥当，很不妥当。当然，具体起来，四大类也不是绝对的，四类型之间总是有混合的，只是偏重不同而已。

分类是知识。通过分类，我们的眼睛会以一种方式亮起来。如果明白了或者学习了、接受了一种世界图像，那么你就获得了新的眼睛。如果是某种信仰，就可以说你有了一双原来没有的灵眼。而这种灵眼或者世界图像，是通过文字、声音、图像获得的。换言之，你通过文字获得观念图像，通过观念图像，你进入一个新的世界。然后，你有了一种新的生活方式和体验方式。生死问题，在很多人那里是通过文字得到解决的。换言之，通过学习诸如佛教文字图像、基督教文字图像、印度教文字图像、伊斯兰教文字图像等等得到解决。

古老的印度文明说，宇宙的创造维系和毁灭都用一个字表达：OM。犹太－基督教传统坚持认为上帝和文字同一。用《圣经》的话说，上帝就是词（文字），词就是上帝，上帝和词同在。这个词就是英语中的 WORD。有人说，通晓中国群经之首的《易经》，你就可以超越生死。这是非常奇妙的，我们竟然用文字同化了宇宙。

文字的演绎，就是世界的演绎、生命的演绎。中国人有三不朽，立功、立德和立言。三不朽中，最有神秘性的可能就是立言了。

文字，广义说，语言，就是我们的全部家园。我们在文字中展示。

虚幻叠置

伟大的吠檀多哲学中有一个重要的词:虚幻叠置(adhyaropa)。

虚幻叠置就是指把一个东西视作另外一个东西。例如,把绳视为蛇,把树桩视为人。农民会使用这种特征,做个稻草人,赶麻雀。

日常生活中,任何一个人都可能习惯于虚幻叠置。这种现象在感情生活中尤甚。因为感情最容易体现出人的生命状况。但大部分的感情叠置都是强加的。其他方面也存在虚幻叠置。当事人往往不了解。

人生意义就是一种虚幻叠置,换言之,意义是一种创造和叠置。因为这个缘故,我们会看到各种所谓的意义。似乎人人都有自己的意义,似乎意义是一个天外来客,附在每一个人身上。然而,我们终将明白,对象的叠置是虚幻的,意义的叠置是虚幻的,当然,爱情的叠置同样也是虚幻的。

有人问我爱情和爱情誓言的真实性。我说,从本体上讲,任何爱情都是虚幻的,根本不存在爱情这种东西。也就是说,爱情似乎是存在之物或事,但不是真实的。爱情是一种叠置。这种叠置有不同的层面。人们对于爱情的叠置也并不一致。几乎没有几个人能够让爱情叠置处于一种稳定的状态。我们很容易看到,爱情宣言刚结束,裂缝就开始了。许多相爱的人们一起在上帝面前起誓相爱百年此生不变,但最后誓言成了幻泡。只要是基于三德出现的,那爱情就是虚幻的。但是,既然爱情是虚幻的,是不是就不能去爱了? 不是的,人们依然受制于三德,他们会生活在混合的爱情观念中,生活在他们的爱情世界里,尽管充满了无数的不确定,人类还是要继续生存下去。我们不想打乱一般秩序,还是要说爱情的可能、价值和美好。但智慧的人一定会超越爱情。

信仰层面也普遍存在着叠置。在某种意义上,我们的"信仰"全是叠置的。由于种种原因,我们很容易将自己的信仰叠置给其他信仰。正因为这样,如何处理彼此的关系就显得很重要。你和另一个信仰者交往,就可以很容易感受到这种叠置现象。有些信仰者特别好叠置自己的信仰,把自己的信仰教条视为绝对的,非要他人完全接受不可。这样特别让人不爽。

吠檀多哲学在形而上学的层面告诉我们,正是无明的叠置(乌帕蒂和梵的结合)创造了宇宙。当我们觉悟了,明白了无明的叠置,我们就会生活在另一个生命中,过一种自觉的生命。也许我无法非常清楚地告诉你下降的路,却能非常明确地告诉你上升的路。这路是可以印证的。换言之,你可以生活在一种全新的世界里,用信仰的话说,你可以生活在天国,可以获得新的纯真,可以生活在乐园,可以达到持久的三摩地,可以得到生前解脱,可以做一个大写的人。前提是你明了了这神秘的叠置。

烧了孤独的种子

在文学史上，我们可以看到诗人们留下的有关孤独的著名诗句。"问君能有几多愁，恰似一江春水向东流"（李煜）；"世事茫茫难自料，春愁黯黯独成眠"（韦应物）；"城上高楼接大荒，海天愁思正茫茫"（柳宗元）；"夕阳西下，断肠人在天涯"（马致远）；"众鸟高飞尽，孤云独去闲，相看两不厌，唯有敬亭山"（李白）；"古来圣贤皆寂寞，唯有饮者留其名"（李白）；"月落乌啼霜满天，江枫渔火对愁眠。姑苏城外寒山寺，夜半钟声到客船"（张继）；"独行独坐，独倡独酬还独卧。伫立伤神，无奈轻寒着摸人"（朱淑真）；"唯有楼前流水，应念我，终日凝眸。凝眸处，从今又添一段新愁"（李清照）；"梳洗罢，独倚望江楼"（温庭筠）……

通常，如果看多了这样的诗句，再加上深秋，再加上失恋，再加上失意，几乎没有一个人可以逃得过孤独。

记得在中学时期,我感到了孤独。在恋爱(失恋)时候,我感到了孤独;在失意时候,我也感到了孤独。在我一个人独自反思之时,茫茫然,体会到宇宙,也会孤独。孤独不仅是人的命运,哲学家的命运,孤独也是宇宙的命运。卢梭专门写了《一个孤独者散步的遐想》。

读研究生的时候,我曾问我的老师:"老师,你感到孤独吗?"老师的回答颇让我吃惊,他说,没有孤独,感觉不到孤独,天天忙,哪里有孤独啊。但我感觉,孤独无比的日子一直伴随在自己左右。

我常常反思,什么是孤独,为什么孤独。但没有答案。这个问题常常被搁置后又再翻出来。孤独就如阴魂,不断缠绕着你,不时地让你感到它的存在。存在主义哲学对孤独的反思异常深刻。克尔凯郭尔对孤独的反思是何其深刻!可以说孤独伴随他一生,他一生与孤独作斗争。

其实,孤独尽管神秘,但是虚幻的、叠置的。当知识升起,孤独就如乌云一样消失了。孤独是一种无明。当你处于不孤独状态时,孤独是不存在的。只有你处于孤独时,孤独才存在。孤独是人的心灵状态。我们不可能探讨到一个所谓孤独的本质。

我孤独过很久,但如今,我已经难以进入孤独的状态了。当我们实践到一个程度，当真理之光照耀我们，孤独就不会出现了。孤独的假象源于私我，也就是你的假我。当我们认同作为假我的身体，当我们的身体面对欠缺时，孤独就会到来。此刻，我们说孤独是可耻的。其实，这样的话也是没有必要说的。因为，只要一个人处于那种假我的生命态，他或者她必定感到孤独。因为种子已经种下了，除非烧了那种子，孤独的种种面庞才不会展示出来。

你孤独吗？希望你不再孤独。你如何不孤独？需有真实的知识。知识的升起可以照亮生命，烧了种子，驱散孤独，犹如太阳之光照耀而驱散了雾气。有人说，没有孤独的生活有什么好呢？如果你这样认为，那么，好，请继续你的孤独。

内敛眼神

在艺术的表达中,佛陀的眼神是内敛的,朝内的,充满了慈悲和智慧,当然还充满了内在的平和。事实上也是的。传统上,觉悟之人内敛了他们的眼神。

觉悟的路是向内的,是一个撤退的过程、去我(化)的过程,是从自我中心转向实在(或非实在)中心的过程。通过阅读经典、生活磨炼、哲学反思、虔敬实践、瑜伽锻炼等等,他/她的自我不断去本质化。最后,这个自我虚化了,意识到自己和世界的一体性,意识到自我和宇宙的内在关联性,意识到生命能量的出口,意识到心的归宿。他/她不再有真正的奔波,不再有放不下的事情,不再有不能去面对的难题,不再纠缠于感情或事件本身的得失,不再认同身体所发生的变化。他/她成了自己生命活动的目击者。这样的人,内敛了他们的眼神。

在不确定的尘世

佛陀的眼神是觉悟者外在自然的展示。这样的眼神可以面对世间一切的发生、发展和终结。他是世界的目击者，也是调驭师、医生。因为慈悲，他给寻找他的人开出了合适的药方。他的药方可以让人摆脱眼神的忧郁、不安、无奈、恐惧、愤怒、狡猾、淫荡、无知、贪婪、痴迷等等。他可以让你获得平静的眼神、智慧的眼神、慈爱的眼神、喜悦的眼神、满足的眼神、不依附的眼神、自在的眼神。

眼神的转变就是生命的转变。我们要让眼神内敛，就需要实在的修持。人的生命状态不是说说的，是实在修证的。修证有各种方式，并不局限于传统的信仰。因为我们最大的导师时刻和我们在一起，这位最大的导师就是生活本身。你如何和这位导师来往，决定着你的眼神。

印度有句问候语，namaste（合十礼，你好）。它反映的是一种信念，意思是，我在你里面看到了神性。该词的词根含义：nama（鞠躬），as（我），te（你）。翻译出来就是我向你鞠躬。如果你能够真正以这样一种哲学态度来看待自己和他人，你的眼神就会发生转变。

原则与理解神秘

人类很奇怪,自古至今,人们都普遍相信这个世界是有一些原则的。这些原则可以统帅、规定一切。而自古至今,对于原则的相信和追求甚至已经形成了漫长的思想史。

中国的儒家说,在天之道,曰阴曰阳,在地之道,曰刚曰柔,在人之道,曰仁曰义。中国的道家说,最大的原则当然是自然原则,即所谓"人法地,地法天,天法道,道法自然"。佛教基本的原则则是法,是缘起,是四谛八正道。在犹太教传统中,最基本的原则是摩西十诫。基督教最大的原则是信主爱人。在伊斯兰教中,最大的原则是顺从真主。如此等等。

传统上我们都认为,我们的自然、社会、人生都是需要顺从一些原则的。特别对于人类来说,最基本的原则当然是社会和个人的伦理原则。人们把伦理原则和人的终极命运联系在一起,和外在于人的超自然对象联系起来。这是个很特别的例子。

但是,智慧之箭很是奇怪。西方的伊曼努尔·康德率先颠覆了伦理和超自然对象原则的联系。他认为,伦理原则是人类自己的事情,和超自然世界无关。伦理学是自律的。但是,宗教不是自律的,宗教普遍是他律。经过很多思想家的努力,到了 20 世纪,人们开始发现,宗教也是自律的。

首先,我们在维特根斯坦那里得到了很好的支持。他认为,每个宗教就是一种语言系统,是自律的。宗教是一种语言游戏。新维特根斯坦主义宗教哲学家菲律普斯和库比特等人则将维特根斯坦的宗教哲学思想更加推进了一步。最后库比特认为,宗教走向了日常生活语言,宗教成为了日常生活的宗教,宗教和超自然没有了任何关系。

在此背景下,原则不再是超自然的原则,也不再是实在论的原则。伦理学不是实在论的,宗教也不是实在论的。这样的观点和禅宗可以发生不少的联系。这一点,在库比特的《太阳伦理学》(1995年)中有些论述。最近库比特的新书《耶稣和哲学》,利用《新约》的最新研究成果,对耶稣的思想进行了探讨。他得出了一些很特别的结论,认为耶稣是一个智慧之师、道德之师。他认为,耶稣倡导的是一种人文主义,是一种爱的生活。耶稣并没有突出实在论的天国观,也没有主张实在论的上帝观。耶稣是一个人,一个觉悟的、关心人的、献出自己的人。耶稣不是神。这一研究再次将耶稣当作了西方具有正面影响的人物。

在耶稣的研究上,一种倾向是把耶稣视为神或者神人。这一倾向的研究模糊了耶稣的真实形象。就如对于佛陀的研究。佛陀是一个觉悟的人。但如果我们把佛陀提升到神话实在化的层面,则大大地模糊了佛陀的真实形象。在西方,人们越来越理性地把耶稣视为一个人,一个献出自己、爱人的人。这已经形成了一个巨大的学术传统。

但是,这样"去神话化"的研究是不是更加把人类推到了某种危险的境地?耶稣人化了,佛陀人化了,超越的原则语言化了,语言游戏化了……这一切的一切带来什么?虚无主义吗?虚无了超然原则之后,我们剩下什么?还有什么值得人类语言去重新建构的神话?

也许,吠檀多是可能的出路之一。它那空的、激进的、纯净的不二,可以让我们重新讲述我们的神话。起码我从吠檀多哲学重新理解了耶稣:耶稣是人,是一个觉悟的人,是一个吠檀多哲学家。一直以来,我们对耶稣的理解和体验都是一种叠置,我们把自身的理想形象叠置给了耶稣。当然,我这样的理解也是一种叠置。但这种叠置可能要比其他的叠置更加透明。

原则是要重新批判的。我们对原则追求的脚步也不会停止。我们对世界的理解不断变化。原则似乎是固定的,却也在流动之中。我们生活在各种原则之间,生活在原则的协调协商之间。正如在理解耶稣的问题上,我们的理解原则面临了一个大大的挑战。

回归的路

你忘记了来的路,但你可以找到回去的路。

在来的途中,你不知转了多少生命之轮,经历了多少种二元对立的生命体验。有一天,你不再留恋,你想到了回去的路。

但很多时候,你想回去,却又没有放弃二元对立之生活的奥妙。你继续生活其中,依然承受各种二元对立的生活。

只要在二元对立中,你就一定会陷入善恶、好坏、美丑、正义与非正义、战争与和平、得与失、吉祥与不祥、顺利与不顺、痛苦与欢乐、孤独与激情、烦恼和悠闲等等体验之中。除非你想回去了,否则你永远都不会走出这样的生活。

一种合适的后现代生活出现了,那就是坦然接受这一切,并接受一些生活技巧。这可能是现代人至今处理二元对立生活最有效的方式了。我们需要从二元对立的现象本身走出,而非进行传统的撤退。但难道传统的撤退就没有用了吗?

在某个时候,你会跟我一样想到回归的路,在有一天你会顺着传统的路、非传统的路走向回归的路,走出二元对立的生活,超越二元对立的生活,结束生死轮回,在生活中觉知,得到大圆满。

各种文化都有力量促使人们回归。《老子》、《周易》、佛经、《薄伽梵歌》、《古兰经》、《圣经》等等都要人们回归。爱是一种回归,悔改是一种回归,宽恕是一种回归。但如若人们不愿意,世界并不会自动回归,即便这个物质宇宙呼吸一万次,你回到黑暗的原质的寂静状态一万回,你也不会回归。

奇妙的宇宙,奇妙的生命,我们不断看到有回归的,也有相反的。这一切,我们如何去判断? 判断与回归无关。耶稣提醒我们,判断人必定被判断。判断者和被判断者都和回归无关。耶稣说:"你们是已经找到开端,现在正要寻找终点吗? 你们知道,终点就在开端处。那站立在开端的人有福了:那人将知道终点,将不会品尝死亡。"

公开的神秘

生活是神秘的。但它是公开的神秘吗？

我问自己：为什么要这样生活？曾看到一位学者在他的空间里说，没有思考的生活是不值得过的。但可能很多人根本不做真正的思考。那么他们的生活是否值得过？这样的问题很难回答。因为意义是我们自己的。

为什么我们要走一种向上的道路？即便我们主动或者被动地朝下走了，但我们还是向往向上之路，尤其当我们静下来思考的时候。我们似乎天生就渴望向上的路。当我们仰视天空的时候，这样的渴望就会更加强烈。

我们似乎不一定为来生生活，因为我们难以知道自己是否拥有下一生。下一个你或者上一个你，严格地说根本不是你，或者跟你没有任何关系。为什么你要为不知道、不确定的来生做准备？理性说,这是不理性的、不必要的。约翰·希克在晚年提出了不同于他自己早年的看法。他不再坚持人死后和今生的完全连贯性,他似乎接受了火把说:生命就如运动的火把;在转到下世之时,我们只带走一部分;到下一个之时,我们的"份额"就很少了;我们似乎在为"集体"做事。这样的观点似乎和佛教的观点有一些关系。

如果你是基督徒,你为什么要为你的来世担心?你是如何来这个世界的?你还记得吗?不可能记得了。到了天堂你还记得这个世界的一切?那个得到圣化的你是你吗?如果你走耶稣的道路,就像保罗说的,活着的将不再是你,而是基督。那么,你将不再存在。你死了,真的死了。活着的根本就不是你,活着的是基督。从公开的神秘看,一切来自基督,一切归于基督,除了基督,一无所有。你不存在,除了基督。所以,最终为了自己上天堂可能是一个奇怪的看法。

在吠檀多哲学中,"我"终将消失。你不可能为自己而奋斗。那样的命题是非常奇怪的。你执于名色也是徒劳的。

我们无法基于进一步的未来生命而走向上的道路。从根本上我们需要的是,把目光放在这个当下的世界上,放在我们当下的有限文本上。

在漫长的历史中,太多的人们存在过。他们死去了。他们没有名,没有本质留下。当你的眼睛盯在有限的时间和地点之时,或许你会感到有不少人的生活是很有意义的。但你把时间拉长,把空间放大,他们的意义就慢慢消退了。你以为很有意义,但到头来没有意义。人们有很多梦想,他们以为这些梦想很有意义。但希望他们明白,这些意义是针对他或者她自己的或者很有限的人的,只在很有限的意义上才有意义。而且,那些意义并不能持久。

生活的意义是暂时的。既然这样,那么是否就要坚持走自然主义的生活呢?那倒不一定。意义在于我们自己,并且就在当下。不同的文化和不同的信仰提供了不同的可能之意义生活模式。这些意义模式在历史中也是发展变化的。但当我们消除了一切可能时,我们如何生活?我们该走向一种积极的后现代生活艺术?这样的问题,我无法替任何人提供答案。这取决于个人选择。改变是自己的,坚持也是自己的。

就我个人而言,我经历体验了各种生活。但在生命中,一直有一种轻声的呼唤,那个呼唤让我不断走过,不断走出。

其实,我们在生活中沉默,在沉默中生活。我们的言说成了沉默上面的光,我们的沉默成了言说的子宫。而这则是公开的神秘……

意义问题

意义问题不知道苦了多少人。人被视为是必须具备意义的动物，并且我们会接受：没有意义的生活不值得过。但是，真是这样吗？意义是在何种意义上谈的？我们需要对意义本身进行某种程度的反思。

第一层，意义可以表示为真。如果我们对一个事物的认识是对的，就说是有意义的，否则便没有意义。我们需要生活在真实中。我们会想办法逃离或者摆脱不真的生活。但是在各种条件限制下，我们可能无法过真实的生活，因为我们一直处于内在和外在的叠置、并且是强制性的叠置下。在这个层面上，茫茫的宇宙三界，实在没有多少生命是真的，面纱有种种，无明始终覆盖着生命。

第二层，意义可以理解为智。我们渴望明达的、智慧的生活。缺乏智慧是没有意义的。我们会容易地看到,若没有智慧,他/她的生活可能就呈现出不圆满,感情、学习、工作、社会生活等等都是一样。智慧,并不等同于一定达到某些外在的要求,例如财富、权力、能力等。智慧之人首先是自主之人。智慧之人也不是封闭之人。大致的,智慧有两类,出世智慧和入世智慧。如今,人们普遍关注入世智慧。由于过于强调入世,结果把入世智慧视为了入世技能。还有很多人具有丰富的出世知识,但并没有出世实践。我看到一些信仰者把出世智慧教条化,让自己陷入各种自我的或者自我和他人的张力之中。这很可惜。

第三层,意义落在"乐"字上。生命的本质是自由、喜悦,"乐"是生命的本能。但我们普遍认同"我们"就是我们的身体。换言之,我们的快乐主要和身体发生联系。身体成了评价意义的依据。在我看来,这是灾难性的,它彻底扭曲了意义,是叠置中最难以摆脱的部分。快乐有身体层面的、情感层面的、知性层面的、精神层面的、灵性层面的。这样的划分并没有错。但我们为什么还是不能快乐?原因是,我们只有一些知识,我们没有智慧;我们只有一些感官体验,我们没有喜悦。

在我看来,离开了上面这三层意义,也没有什么意义可以多谈了。

在不确定的尘世

在那沉默的源头,没有意义,或许那是超越意义和非意义的,超越真实和非真实的,超越智慧和非智慧的,超越快乐和非快乐的。那,无关意义。但无关意义的,却是意义的子宫,是意义和非意义的源泉。

不知为什么,我们就在那朝上的路上了。有些基督教神学家如约翰·希克认为,这个世界是个锻炼场所,是灵魂谷。在其中意义是不言而喻的。但他们无法克服这样的困难,在锻炼中似乎灵魂面临的难题超越了灵魂自身的承受力。

我们不能把意义问题无限放大,一定有一个上下限。超越了限,就难以谈论意义了。谈论超越限的意义是非法的。如果你觉得你必须解决那个超越限之后的意义问题,那么,不但你不能得到意义,而且会让你没有意义。因为意识不能去替代存在,也不能替代其他。意识就是意识了。

你不问,觉得挺有意义的;你一问,意义就跑了。但哲学家会追问,会不断地追问。追问的结果可能是让我们局限于自己的可能范围内,生活在神话之中。其实,我们真的无需依赖外在的东西确立意义,依赖于外的意义总会落空。我们需要把意义建立在如耶稣说的磐石上。

磐石,你找到你自己的磐石了吗?告诉你,我

的一块磐石是吠檀多。当然我也可以不用吠檀多
这个词。那也没有关系。沉默吧。当然,沉默两字
不写也罢。

没有身份地生活

批判性后现代哲学家库比特在一个演讲中说，我们要学会没有身份地生活。

身份是一种虚幻的东西。我们应该学习耶稣，超越身份，超越教条。从后现代立场看，从禅宗立场看，我们都不需要身份。土地不可能是我们的身份，民族不可能是我们的身份，语言不可能是我们的身份，观念本身也不能成为我们的身份，教条化的信仰也不能为我们提供身份。

我们有我们居住的土地、所在的民族、言说的语言、拥有的观念、信仰，但这些都是暂时的。我们不能把它们视为绝对。需要的是流过和轻省。任何一种以基要为特征的形式都是有害的。我们需要的是一种相对性的立场。

我们并不是反对身份，而是反对执著身份。没有身份是难以理解的，但却是需要我们去学习的。

不能执著身份。这对自己是一种解放,对他人也是一种和平之光。

身份问题也是完全可以超越的。觉悟者肯定超越了身份问题。对基督徒来说,除了上帝,一无所有,除了基督活着。对于佛教徒来说,除了佛陀,没有其他,除了法身展示。对于吠檀多人士来说,除了梵,什么也没有。身份问题可以是被超越的问题。在超越的背景下,我们再谈基督徒、佛教徒、印度教徒或吠檀多主义者,那么,我们原先可能存在的身份问题就不再是问题了。

安静自己

不管你采用怎样的办法，让自己安静下来应该是比较好的事。安静包括着身体的安静、理智的安静、心灵的安静。

身体的安静并不容易。当身体安静了，身体就不再是你的主人，身体失去了挑战力，而留下执行力，换言之，身体安静了，身体就成了你的仆人。

理智的安静也很困难。理智安静了，也就是"思不偏"了，成了中庸之思了，换言之，是一种宇宙一神一人彼此关联之思了，这样，你就走向了中道。

心灵的安静非常困难。心不安，一切混乱。人的问题的根本解决是心的问题，心安静了，问题也就解决了。

从修行的角度看，人们寻找不同的方法让自己安静下来，以达到觉悟、解脱、得救的境界。而瑜伽是一种办法。

水 的 故 事

泰国佛教领袖 Buddhadasa(1906—1993)讲过一个水的故事。

他说,人们可以区分不同类型的水,比如,海水、河水、雨水、渠水、井水、地下水等等。如果我们去掉水中的杂质,不再区分水所处的地方(甚至让它们蒸馏过),那么水的各种区分就会消失了。沿着这道路继续往前走,你可以发现,水由氢和氧元素构成。但元素氢和氧都不是水。水的本质在氢氧这里彻底消失了。

这个故事让我想起了潘尼卡教授谈到过的不同河流的水。他还谈过天上的云、云上落下的水。

我也曾说过一个水的故事。人类使用着各种不同的水。但有一天我们可能无水可用。

水是简单的,水也是复杂的。水是多样的,水也是一样的。水是重要的,但水不是本质的。我们需要本质吗?本质存在吗?我们需要理解本质吗?这些问题也如水啊……

静默的心观察自我

　　屋檐下的雨直,因为没有寄人篱下。背上的重担当卸去。十字架消除了你的恐惧。西子湖的风光还在雷峰塔下摇曳。我本无求,我当何求。只缘那慈悲的心汩汩而出,遂缘生灵结果三界。知我者,知我者也。

　　看看自己的历史,看看以前的路。不能让自己掉下去了,当你掉下去了,你就成了馅饼。不是吗?吸取教训,超越自我。当你掉下去,就轮回,就折腾,就被抛弃,就苦难。历史是这样。命运是这样。今生时间有限,好好坚持。不仅要自己得自由,更要行慈悲,让他人得自由。不要盯着他人的错,也没有必要不放自身的错。要在今生达成。不要被感官限制,那是自由的丧失,智慧的丧失,喜悦的丧失。那只能生活在幻影之中。没有真正的快乐和智慧。记着,记着。OM。

走你的道

很多道路可以让生命得到自觉。

某个时候,你走了某条"道路",你进入,你让自己得"道"。不用担心你走的道,让自己不断向前,不被你有限时空中的"物和意"(物质的东西、观念的东西)所束缚,对不可能性持着可能的盼望,努力保持宇宙性的信心。就这样走道。

道路还有很多,但不需要你全部走完。你需要的是一种整体的态度,在一定的时候专注于某条道路,不管耶稣的道路、佛陀的道路,还是其他怎样的道路。当你明白、觉知我所说的,你不仅快乐,而且你会获得生命的圆满。

我们走在跨文化灵性的道上,我们不要制造信条,我们只是探寻新时代新的可能之道。这新道不会颠覆和否定以往的道路。它和以往的道路是并行的,是一种自然的道路。这条新道,敞开自己,让人选择。

确定性的依据

确定性是我们追求的问题。而确定性的依据是什么？

确定性的第一种依据是一个被认可的超越之神。因为神，一切得以成立。二元论和非二元论并存。第二种依据是自恰性，逻辑理性和经验一致。第三种确定性的依据是关系的确定性。实在是关系，没有中心。第四种是层面的确定性，上层知道下层，下层不能真知上层的确定性（非传统西方思维）。

在确定性的终点，我们最终还得面临一个托盘（终极依据）问题。如何解决？完全否定？一种被接受的观点是非二元的，是零（或空，或无等等）的思维。无生有。如何可能？无本身就是奥秘。无是一切之可能。

各种文化中都涉及了从无到有的过程。无极

而太极;道,道生一,一生二,二生三,三生万物,万物复归;太一流溢,灵魂下降和上升;梵生万物,万物即梵,我陷入梵之幻力,结业,出业,回归;神造三界,生物之灵堕落,拯救,回归;成、住、坏、空……

在一种宏大的叙事中,人找到自己的位置,并将自己安置其中,坦然面对自己的生死,体验生的意义和死的坦然。但在新的轴心时代,宏大叙事受到了挑战。虽然作为艺术生活,宏大叙事并没有被废弃。

正统派们把托盘安置在自己接受的启示经典上。对基督徒来说,他们可以颠覆形而上学,却不否定上帝——生命的上帝,爱的上帝。同样,儒家四书、穆斯林的《古兰经》、印度教《薄伽梵歌》、佛教的经典等等,都被视作是最后的,生命意义和价值就基于这些文本。文本即世界,即意义。

但我们的时代是全球化的时代,不同的信仰或者文化的世界相遇着。宇宙论们遇到了挑战。当然,这也是我们的新机遇。换言之,在我们这个新的时代,确定性的托盘可以是文化间性、信仰间性、文本间性。这是我们时代的新图像。

意识在作怪

我看到有人病了。但因为她被自己的信仰图像遮蔽着,她觉得自己健康良好,并积极参与治疗他人之病。当然,她也说,我病了。这也很自然。

我们无法确定谁病了。或许都有病?或许都没有病?或许有人有病、有人没病?或许,病是被加上去的,那种信仰图像某种程度上可能对她造成了病。或许,信仰的图像就是一种工具,一种武器,是一种获得或保住权力或权利的中介。

我不能离开意识谈非意识。我们都是意识的奴隶?我们的很多痛苦都来自意识。如果没有意识,悲伤、痛苦、担忧、焦虑、束缚等等就不存在,人们之间无尽的纷争也就不存在。消除意识或降伏意识,至少可以消除或降伏某些意识对一个人快乐和幸福的影响。

其实,我们太多的意识来自意识本身的自反性

（反思）。这种自反性，加上人的处境、信念、情欲和利益，就产生痛苦、烦恼之类的意识。其实，我们的意识本身没有是非。但依赖于载体的意识，正因为这种依赖性，常常使得我们将意识和它的载体等同起来，这样，就产生了问题。

千百年来，真正的觉悟、涅槃、得救、解脱、自由、幸福，无不依赖于改变自我的意识，消除某些意识，强化某些意识，甚至让意识处于寂静之状。明白了这一点，人就可能快乐很多，自由很多。

解 脱 是 自 由

诚如耶稣所言,物质世界不可视为磐石。

当你经历了种种困境、磨难,进行了种种反思和学习,你一定会对生活的酸甜苦乐有深刻的体会。但我们大部分人只能生活在表面,我们无法真正反思生活,而只能缓慢地面对生活一次又一次的直面教导。

人们走不同的道路,尝试摆脱不满意的处境。诸传统提供了"一种"生活道路,那就是解脱、觉悟、得救、圆满等等。诸传统告诉我们,解脱等等是生命的自觉,解脱是生命的重新肯定,解脱是从各种依附中摆脱出来。

但有一点需要明确,解脱并不等于不履行自己的职责,或者解脱就是和原来的处境无关了。解脱是处境中的,是职责中的,是一种新生命的再现和展示。这是解脱的要义。龙树菩萨在他那伟大的作品《中论》中说到,轮回(生死)即涅槃。《奥义书》更是说到,解脱者的生活和日常是统一的。伟大的《薄伽梵歌》中阿周那的故事,你一定听说过。当你从经验上体验到这一要义,你就不会说很多执迷不悟的话了。

看起来,解脱的生活与日常的生活,表面上没有区别。但事实上,它们具有质的不同。这种不同类似于碳和金刚石!

但愿我们经过煅烧都成为金刚石。

觉悟的终结

觉悟是众多修行者的目标。但是,有度人的地狱吗? 有觉悟的存在之所吗?

如今,我们慢慢窥探到:觉悟不是一种存在的东西。

生活是我们的导师,我们天天和它交手。在生活的教导下,我们折腾着。我们和自然折腾,和观念折腾,和体制折腾,和他人折腾,和我们自己折腾。

当我们终于明白了生活就是这样的,我们可能就到了觉悟的顶峰(终点/目标/结束)。他/她不再需要谈论、追求觉悟。没有觉悟的存在。生活本来就这样。

生活就是这样。觉悟终结了。通过各种道路,通过不同生活处境,我们体验到了什么是自觉。我们不再渴望天堂,也不再惧怕地狱,没有了天堂和地狱的对立,没有了此岸和彼岸的对立,没有了自我和宇宙的搁置。我们不再追求没有存在的地方。

觉悟终结了,我们回到了生活本身,超越了我们觉悟之幻相。

说不完，做不完

说能说得完吗？不可能！做能做得完吗？不可能！

其实人们大可不必产生一种要说完、要做完的冲动。孔子曾告诉我们要素其位。

不要抱怨，但要行动。行动不是盲动，而要依靠智慧。不要执著事情成或不成，不要执著对方一定要如何如何。没有确定性。相反，我们要去观照，明白事物发展的处境和运行的轨迹。观照是艺术，是能力，是智慧。

你说不完，所以你可以写，你写不完，你可以沉默。你做不完，你可以合做，合做不完，你可以放下。你并不需要把预期的结果视为必然。你需要一种开放的心态，超然的心态，不依附的心态。用《薄伽梵歌》的语言说，你要把行动的结果献给黑天。用《圣经》的话讲，你把担子交给耶稣基督。

在不确定的尘世

其实,世界的日常没有什么所谓的"深度和厚度"。唯有不确定是确定的。生活就是这样。无论是谁,不管他信了耶稣基督、还是佛陀,只要没有培养出足够的智慧来,只要没有让自己的生命觉悟到某种层面,就要继续在这个物质苦海里漂浮。生命的觉悟、完美、快乐、解脱,是实证的,可检验的。第二轴心时代的亲证意识是生活的意识。但这种生活的意识不是表面的,而是对生活的觉悟。

安置你的家园

生活是什么？在不同时候，我们说生活是什么什么，都是正确的。但也都是不正确的。正确不正确是相对于人而言的，离开了人的正确和不正确，就无所谓正确不正确。

人的活动是个人、人与人之间的活动，所以我们需要尊重每个人的尊严和自由。人也是关系中的，所以人的自由不可能脱离了他者的自由。尊严也不是孤立的。

只有在人的关系中，我们才能谈很多是非，才会有评价。试图离开人或者走向非人的环境来处理人的问题，从根本上说，这不是合理的。然而，我们也应该肯定，在相对的处境下，很多人会走向一种特别的环境，例如，出离，闭关，专注某种对象，脱离诸多联系，等等。

生活是个巨大的谜，让人不解。在复杂的环境下,我们绝大部分人的心都是迷惑的,不可避免地受制于金钱、财富、美色、地位、学识,不管他/她是官员、商人、工人、农民、知识分子,还是什么人。我们总是执著某种对象,总难以得到自由。

如果我们解开了生活这个谜,还会执于金钱、地位、财富、美色吗?人们还会折腾吗?人们会第三次重说自己愚蠢的"谎言"?那儿时对土地的神秘记忆还会出现?

家园难以安置。诗人白居易感叹我们的家园在心中。这话似乎从一个侧面说出了很多觉知者的心态。心不安,家园就不可能在你面前出现。你一定会奔波。一定会不记得自己说过的话、发过的誓言和许下的种种诺言。

你会看到,你的后悔没有意义,你伤害他人和自己没有意义,你渴望恢复过去的记忆没有意义,你的一切"用功"(苦行、受制于人或者委身于人等)是过眼烟云。在这样的时候,我所能说的只是,只有觉悟自己才是最基本的。

你做的一切都要你承受。但走向觉悟的道路始终是朝你开放的。生活是谜,只有走出生活之谜的人,才能在生活之谜中,安置自己的家园,真正地生活。

存在以及不存在

"我"是传统哲学的一个基点。离开了主体的我，似乎什么都不可能。这个"我"支撑着我的存在。一直以来，人们不怀疑这个"我"。

在宗教中，我们看到灵魂的存在，jiva 的存在。西方的人们普遍相信灵魂不和身体一同消亡。身体消失，化为虚无，但灵魂似乎不会消失。在基督教中，灵魂还要接受神的审判。审判后，即便下地狱，那也不是消亡，而是有一个存在主体在承受痛苦。

在印度教和佛教的某些宗派中，灵魂最后会消失，灵魂不会永久存在下去。这让西方人感到恐惧。因为个体的本质消失是非常虚无的，让人非常惧怕。

科学的发展，不断消除着存在着不变灵魂的观念。哲学方面，人们逐渐发展出了一种语言哲学，这种语言哲学让我们觉得自我是一种构造物，它不是绝对的，也不是永恒的。后现代的思维更是强调批判的思维，它认为不存在绝对的本质，也没有绝对的实在和知识、没有绝对的真理，一切都发生在语言中，语言是无外在性的，我们不能在语言之外谈知识、真理、实在和上帝。

新时代的先知们说，"我"是关系的集合，不是一种实体或本质。当然也有人思考到，传统的上帝不是本质、不是实体，而是关系。上帝是三位一体，本身就是一种关系。有人说，这个关系需要实体支撑。但这样的说法很难成立。因为从普通的意义上说，存在就是关系。

我们根本不需要为自己不是实体或本质而担心。实际上我们的惧怕是一种意识的作用。而这种意识却是可以抛弃的，也是应该加以抛弃的。

独处与孤独

人是宇宙存在物。人不是孤立的存在物,总是处于关系之中。人的社会关系自然非常重要,但除了这种关系,还有其他很多种。其中有一种关系则是最根本的,那就是个人和宇宙终极之间的关系,它是原始的瑜伽。不管你的关系对象是人格的还是非人格的,你都有可能因为这种关系而不再孤独。

修行达到足够高度的人,不可能感到孤独,也不存在孤独。孤独不是实体,并非一种真实的存在。孤独是一种生命的假象,是一种无明的体验状态。西方很多哲学家大谈孤独并陷入孤独之中。他们不解脱,处于痛苦之中。而这种孤独的痛苦却是他们自己的虚幻。

一个人独处,只是相对的。从根本上说,我们只是不知道我们实在地处于很多关系之中。当然,大部分人难以达到这样的认识并体验到它。所以，一个人在独处之时就很容易感到孤独。因为孤独，他/她也容易找搭档夫妻。而更多的人则很容易就从一个没有所谓宗教信仰的人转变成一个有宗教信仰的人。孤独，成了上帝呼唤人的方式。

有朋友告诉我，一位瑜伽师在一个阁楼里呆了六个月没有下来。人们以为他一定成了疯子。但事实是，他下来后和他进入之前一样，只是胡子长了，头发长了，眼睛更有光了。我们也听到很多瑜伽师在喜马拉雅山上苦修。他们可能几年、甚至很多年在山上不见人影，但他们并不孤独。我知道有个佛教老师，曾经在坟冢苦修多年。出来后，他没有疯，而是成了服务众生的力量之源之一。

如果你不是修行者，你可以找到社会性的关联以便克服孤独；如果你是修行之人，你则需要不断超越自我，达到一般性的隔离而不至于陷入孤独的境地。这是很实在的，也是体验性的。

你的意义在哪里

面对无数的机会和无数的信息,或许你没了主见,你的意义发生了危机。或许这种危机从没有达到如此的强度。

西方有些学者说,随着上帝在现代的死亡,随着形而上学的消亡,人必定陷入可怕的虚无主义。古老的智慧告诉我们,一切终归于一,二元的现象必定化为无,成为没有差别的一。你,甚至"你"字都不能谈,没有自己的意义和价值。没有实在和终极的"我"和"我的"。一切的"我"和"我的"都是虚幻的一时呈现。只要有"我"、"我的",你就一定会陷入各种张力和冲突,你的心就会无法平静和快乐,你一定会如海上的泡沫上下前后被推动着。

尼采先生根据西方的哲学背景和基督教在欧洲的发展就预示了这一后果。他意识到虚无将来临,并将成为常态。面对这种常态,全球范围内出现了消费主义的大潮。人们试图在消费中逃脱虚无带给我们的恐惧。很多人挣扎地卷入,疲惫地卷入,客观上以此来消除自己的虚无和无力。似乎人们普遍接受了消费主义的意义。他们说,只能这样。

然而,这种消费建构起的意义常常是被控制的。差异性和多样性在迅速消失,语言、经济、政治、军事、文化、娱乐、新闻等等无一例外。很多人以为存在差异,其实根本谈不上真正的差异。我们越来越陷入本能的"我"和"我的",缺乏生命的灵动和深度。女人们和男人们越来越成为一种简单化的、机器化的、程序化的生物人。甚至那些所谓有信仰的人们也是这样。没有意义,或者短暂的虚幻意义,这就是我们的生活现状。

以前,我们的意义可能在未来,在上帝那里,在超自然中,在内心深处,在神秘的地方,在自然中,在伟大的德行中,在不确定的地方,甚至在日常性中。如今,这一切似乎都正在消失,单一化、简单化、机械化、平面化、被操纵化是我们当今意义的表达式,意义已被掏空。

有人说我们到了历史的终结,人的终结。这很有些道理。只有少数人尝试新的可能,尝试饮到甘泉,但因为要挖的井太深,要费的力太大,需要足够的智慧和预备,似乎人们早已经不耐烦了。这种不耐烦正表现在我们生活的方方面面。

你活出来

我们常常会对自己有可能得到而最终没有得到感到不乐。其实这是没有必要的。生活中发生的一切都是不能重复的,也没有什么东西可以重新开始。有人为了婚姻,三年内和同一个人结婚三次又离婚三次。但他们的生活依然一团糟。为什么?因为他们怎么也不能回到他们出发的那个地方了。

生活是一揽子的。你不得不和生活的整体打交道,不得不和它妥协,也不得不接受它的整体。换言之,你接受了好的一面,就要同时接受不好的一面。

生活不是一劳永逸的。生活始终是个不断展开的过程。对你的过去,不要去表示太多的遗憾。对你得不到的也不要执著其中。让生活坦然展示,无需执著过去期许的形式,无需重描你的生活。你需要的只是让生活走下去。你活出来,而不是执著过去的某个细节。

　　对我们的生活,不要谈太多的"如果"。失去的就永远失去,得到的就永远得到。下一步得到的不是上一步得到的,下一步失去的也不是上一步失去的。你的生活始终是崭新的。如果你用过去来干扰你的现在和未来,那么你展示的新生活则是扭曲的。这在佛教中称为业的作用。觉悟的人,业是当下的,本质上做的则是非业(akarma)。

做586型号的人

有人询问,不同人看上去没有什么区别,但他们之间的区别又为什么如此之大?

我说,人最大的区别不在躯体,不在其他各个方面,诸如性别、种族、知识信息、美丑、贫富等等,而在人的心。生命质量的高低在于心的意识。

进化的本质是意识的进化。当我们的意识覆盖物被消除时,我们就觉悟自我。但这并不容易。对覆盖物的消除是个巨大的工程,存在不同层面的消除问题。我们有各种各样的面纱,这些面纱就是覆盖物。

我曾经和我的弟子谈到电脑。人的存在就如不同类型的电脑。

有的人是286电脑,有的人则是386,486,甚至是586。不同电脑之间,功能不同,286的电脑一般不具备386、486、586电脑的一些功能。286电脑

不确定的尘世

需要升级才能适应 386 电脑。人的存在也基本如此。有的人已经处于 586 的状态,他的面纱要少得多,但站在 286 上去理解 586 则难以得到要领。如果 286 使用简单逻辑,386、486 则使用辩证法,而586 的则超越了静态的辩证法,超越了理性的辩证法。他们进入了生命的辩证法。他们体验的,前面的人则可能难以体验。

如果你遇到高人,如果他是 586,那么你会发现你所说的、所判断的多是叠置他的。他的信息可能并不比你多,但他能把所遇到的问题解开。就如你的 286 电脑,尽管信息很多,但遇到一些文件,根本打不开。信息越多,文件越多,运行速度越成问题。库恩说了,危机了,需要范式转化。这个转化就是从 286 升级到 386、486、586。这就是进化。

灵修,在某种意义上,就是从 286 提升到 386,486,586。或许有人需要几千年、几万年的进化才能提升到 386。也有人作为 286 都报废了——这是意识的退化。灵修是提升意识的进化活动。它不在言谈,而在存在的状态。

看好你的生活

生活是一切。所以你一定会遇到无数你想不到的现象和现实。你要面对你想面对的和不想面对的。你很可能把时间耗在了没有什么头绪的杂事中。你的青春很可能很快就过去了。

开始,你也许想完成什么的,甚至经过了好几次的曲折之后,你依然充满了信心。但现实往往是:你错了,你依然是炮灰,你依然没有空间。

你反思,转变自己。后悔是来不及的。或许,三分之一的时间就浪费掉了。

我们是消耗自己的,这是必然的。

如今,我说,我们需要创造性地消耗自己才是比较合理的。

真正的创造性,在我看来很多人都教导给了我们。这里说的是拾人牙慧,但也值得。

第一,无需执著人家的;

第二,不用执著自己的;
第三,坚持行动不停地;
第四,实现生命在事上;
第五,游戏寰宇在世中;
第六,努力整合新神话。
就说这么多吧。
看好你的生活。

我们能达到多大的自由

自由不是一个术语，自由是一个词，一个神话。面对自由，我们能说什么？

你可以在自由一词之前加上很多的修饰语，例如，身体的自由、表达的自由、性的自由、生活的自由、灵性的自由、政治的自由、经济的自由、思考的自由、爱的自由等等。

不同时候、不同条件下，人对自由的要求不同，并且各种自由也不是彼此无关的。

很多自由，人是不可能得到的，我们的自由基于很多限制的条件。当我们的自由涉及他人、他事，我们就不可能得到绝对的自由。我们的自由只是关系中的，我们不能去设想一种绝对的自由，一种无条件的自由。

面对各种面纱，当我们觉得获得了很多自由的时候，这些自由可能正是我们不自由的根源。这样的道理需要仔细观察才能知道。

你要自由,首先要弄明白你需要哪种自由。有的自由注定是不能获得的。我们对自身认识越是深入,我们就越能明白我们所需要的自由是什么。当然,这样的判断可能并不适合大部分人。

我们知道,痛苦来自我们和物质自然的接触。我们朝外,是一种执著。不能满足时,我们就会痛苦,感到不自由。但如若我们不朝外,我们又如何维系我们的生存?换言之,我们注定不自由吗?

道路只一条。那就是朝内,走克服我慢(假我)的道路。唯有如此,克服了我慢,我们才能获得最大的自由。

在不确定的尘世

以前，我们总相信这个世界存在着确定的东西。后来，我们不得不承认，这样的确定性是一种愿望，并不真实。

我们传统的哲学始终在努力寻找绝对的东西。但如今流行的哲学让我们坦然地接受我们的不确定性。

伟大的印度哲学传统则告诉我们，这个世界没有什么确定性，一切都是相对的，暂时的。但除了这种相对性，我们还有超越相对性的东西，它是属于生命的。在数论哲学中，它就是灵魂。除了灵魂，还有和灵魂同一的阿特曼（大灵魂），这个大灵魂就是梵。通过觉悟，人可以达到梵我合一。这种合一，是一种体验状态、一种生存状态。它是实在的，是烦恼的终止，是自由，是智慧，是纯粹，是丰富性和单一性的合一，是一也是多，是在也是非在。

不确定的尘世

尘世不确定,这本身没有什么不好,也没有什么好,没有必要抱怨,也没有什么需要特别赞美的。它就是这样的。我们把我们的生命和这个不确定的尘世对象认同起来,这才是一切问题的根源,也是我们在宇宙生命的游戏参与中的障碍,是我们痛苦的根源。

你当然可以从对尘世的依附和执著中走出来;你当然可以重新认识你自己;你可以对你的生命有一个新的理解,这种理解是自我理解;你当然可以快乐,没有烦恼;你当然可以今生生活在涅槃中,生活在天堂里,生活在梵我合一中;你当然可以是显明的圣者,可以是觉悟的瑜伽师,可以是生前解脱者,可以是真正的生命,可以是大写的人(Man,先于男女性别的人)——原人。

宇宙的游戏

宇宙就是一个游戏。宇宙和人的不同层面有不同的游戏。

很多游戏是不自觉的游戏。很多人的游戏是被动的游戏，只是游戏中的被动参与者。

很多游戏是被我们的三德拖着进行的。不管是愚昧、情欲还是良善，三德是游戏的动力。而情欲性动力的游戏则占了主导。

我们从小就玩游戏。如今，不管是谁，似乎都自觉不自觉地乐于参与各种游戏。我们可以理解，为什么网络游戏如此热闹，为什么性游戏、各种形式的赌博游戏如此热闹。

太多的游戏是痛苦的、低级的。比如爱情游戏。看看琼瑶、金庸的作品。现实中的爱情游戏大都是非常初级的游戏。所以，有人会痛苦或者无奈地喊出"情为何物"的感叹。这确实是生活的常态。

然而,这不是人们应该肯定的。

　　游戏完全可以玩得高级一些。觉悟之人经常告诫人们,应该过一种高级的游戏生活。然而,太多的人难以理解觉悟之心,难以理解耶稣的奥秘,也难以理解佛陀、老子和庄子的奥秘。

　　然而,尽管如此,觉悟者还是倾向于向人们传达高级游戏的愿望和指导的方法。当我注释完《自我知识》时,当我阅读《吠檀多精要》时,我深深地体悟到了圣人之心。

　　游戏,一切都是宇宙的游戏。但不觉悟者只是被动地被游戏着。上进者则主动地参与宇宙的游戏欢愉,或者他们干脆自我游戏。从低级的游戏走向高级的游戏,也就是从痛苦到欢愉的过程游戏,也是从无明到明了的过程游戏。愿你明白宇宙的游戏,愿你自主的游戏。

自由、性及爱

欺骗的三个层面

古老的印度哲学认为,我们这个年代是卡利年代。特征就是人的普遍欺骗性。

欺骗的实质是自私性,是自我(或集体自我)中心性的扩张。它可以在三个层面展开:

第一,物质层面、身体层面、利益层面的欺骗。大部分的欺骗是属于这一层面的。它几乎充斥任何领域。感情欺骗大致也应该放到这一层面。

第二,理性层面、思维层面、知识层面的欺骗。有些学者、思想家就是这样的高手。这样的欺骗呈现出真实的样子。观念论的欺骗就属于这一层面。

第三,灵性层面、精神层面、信仰层面的欺骗。这是一种精微的、高级的欺骗。有些所谓的宗教大师、佛教徒和基督徒就是这样高级的欺骗师。当然,这里,我们可以区分有意的欺骗和无意的欺骗两类。

欺骗的目的不同,但大部分是为了利益、身体的满足、名声、自己的"势力"范围等等。

三个层面的欺骗并不是对立的,它们彼此可以联在一起的,并且也很容易联系在一起。也有些人陷入了大欺骗图像中,成为大欺骗图像中的小欺骗。在一个大的欺骗中,那些小欺骗显得似乎并不是欺骗。这是特别需要清醒认识的。

在这个卡利年代,一个没有被欺骗过的成年人肯定是找不到啊。如果你认为自己没有被欺骗过,那你一定是最大的幸运者了。

自由和爱

　　一般地说,自由来自束缚。没有束缚,就没有自由。不存在本来自由这样的超验或者先验状态。

　　太多人关于自由的体验是二元的。因此,他们的自由一定和自由的对立面或者相关面联在一起。

　　我们不能谈超验或者先验的自由。我们能谈的只是具体的自由,政治的、经济的、文化的、宗教的、艺术的、生活的、个人的自由等等。而在这一二元论意义上的自由始终是相对的,这些自由始终和它们的对立面相生相伴。

　　智慧的人、有真知识的人,不能被这种二元的自由所束缚。智慧者超越人们所谈的二元的自由。

　　同样,真正的爱是超越二元的爱。在佛家看来,人们所谈的爱是恶的,是痛苦的根源,是需要超越的。但大部分人在这里很容易误解佛家。这样的道路,只有经历过了才能真正理解。只有超越了二元的爱才能打开爱的真谛之门,只有超越了二元的自由才能打开自由的真谛之门。

　　大部分人难以明白和接受超越二元的自由和爱。他们一般生活在自由和爱的影子或者幻象中。明白这个道理的人有福了。

顺从导师

在灵修的道路上，人是非常宝贵的。我们没有时间浪费。有弟子问我，修行需要顺从导师吗？

我的这位弟子心中是有她自己的理解的，但并不是我的理解。我做了部分解释："在真正的传承中，顺从导师是得到知识和觉悟的前提。找好导师很重要，一如导师找真正的弟子很重要一样。在这个年代，真正完美的导师和弟子关系之比例要大大少于过去。走正道，不言人家是非，不生自私；不以一己之心判断导师和他人，猛进求道，细心、耐心、恒心；谣言终止于己，多见人之长，不击人之过；不多舌，不嫉妒；不生贪心，不执字面；珍惜人生（人身难得，世事无常，真道难闻，导师难遇），自我努力；勤奋好学，尊重经典；谦卑，非暴力。做到这些就是顺从导师了。"

时间中的爱情

时间是那么的奇妙,它消磨了爱情。两个人在一起久了,爱情就成了义务和责任。时间是那么的奇妙,它埋藏了爱情。两个人在生活的风雨中走到了尽头,彼此失去了爱情,埋葬了爱情,情缘和爱缘成了孽缘。时间是那么的奇妙,它剥夺了爱情。岁月扫走了彼此脸上的青春和激情。爱情陈旧,不再真正拥有。时间是那么的奇妙,它偷走了爱情。两个人在一起,他的爱在别处,她的爱也在别处。这是我们常常看见的爱情。

时间是那么的奇妙,它拯救了爱情。两个人无法在一起,在他/她的心里却升起甜蜜的爱情。时间是那么的奇妙,它转变了爱情。两个人在宇宙的业律下彼此沟通、对话、折腾,爱情超越了私人性,走出了爱的循环圈。时间是爱情之神,它无视你我的意志,把我们抛向看似混乱的生活世界。一切都需要你我不断地解释和赋予价值。这是我们不常看见的爱情。

　　你面临的，都需要你去面对，都需要你的自我创造以及合适的态度。我的文字散发在这个不断变化的空间里，你可以解读你的意义和价值，感受生活的奇妙，体验那来自神圣者的爱情。

哪里有爱情

一直在看一个女士的博客。最近，她不断在博客上谈论爱情。从她的文字看，显然，似乎她被动地失恋了。如今这位女士死去活来地陷入了爱情泥潭。估计这样下去，她只有写写博客并痛苦了。

我要告诉她，这种爱情和爱情的痛苦是虚幻的叠置。她期待的爱情是无明。爱情不在这个世界上，也不在另一个世界上。爱情本来就是一个自我制造的幻相。你的感情之剑根本没有力量，是纸做的。

当然，你现在需要通过博客文字进行自我疗伤。时间女神也一定会洗去你的痛苦。然而，你如此聪明，也可以走得更远。你可以放弃"愚蠢的爱情，可笑的爱情"，放弃一切的爱情叠置。

人是一种内在精微能量的展示。你的美貌和身体是那个能量的展示，你的聪明和技艺是那个能量的展示。当然,你也可以说你的爱情是那个能量的展示。可是错了。在此,爱情不存在,它是你自己的人为叠置。《旧约》里谈到爱情,估计不知道多少人拿着其中的经文发可爱却愚蠢的誓言。但,那是爱情吗?

在你年轻时,你的能量更多地幻化为利比多的发射和投射。尤其在这个时代,人们更多地集中在身体层面。你抱怨说,爱情俗了,爱情物化了。是这样的。但你自己痛苦,这就不是爱情。台湾的李敖很严肃地提出过这样的看法。他说梁山伯与祝英台、罗密欧与朱丽叶之间的爱情不是爱情。我也觉得不是,像贾宝玉和林黛玉之间根本没有爱情,或者说,那根本不是爱情。那些都是利比多能量的扭曲表现。他们的痛苦是必然的,应该的,自然的。

爱情不在利比多里,不在利比多的展示里。利比多里没有爱情。爱情不在这个世界,也无法在另一个世界。芸芸众生,大部分人根本没有体验过爱情。他们在爱情的幻相里。你也如此。年纪轻轻,你不入爱情幻相,这也很难。

爱情不在这个世界,也不在另一个世界。那么,爱情在哪里?

爱之分析

第一种,世俗之爱。这是不是真实的爱? 从某个角度看,爱不存在。

第二种,神圣之爱。从某个角度看,这种爱是真实的。

第三种,世俗—神圣的爱。可能只有这种爱才是最理想、又最现实的爱。

传统宗教对爱的反思,往往比较悲观。有的宗教认为,爱(渴)是烦恼的原因,苦难的根源。最后劝人出家,或走独身的道路。我也想出家,但要出家其实很不容易。出家并不比成家容易。但这样的思路可能是比较合适的,即,要学会怀着出离之心,在爱的问题上如此,在其他问题上也如此;要在行动中爱着,并且努力走向世俗—神圣之爱。

一个过来的觉悟人,也就是一个实践了反异化的人。他/她可能退转回以前吗? 不可能。已经学会了游泳或学会了骑车的人,他/她会不会重新退转成为一个不会游泳或不会骑车的人? 不会。走向生命觉悟之路的人会不会退转回去? 真正觉悟了,不会退转。真正觉悟了但表现为退转了,那是一种权宜。但是,还是会有人退转回去的,因为他/她并未实践生命的觉悟。

善的不足而已

理论出于意志。怎么样的意志导出什么样的理论。意志是由人的身心状态决定的。本质上,身心状态是物质性的展示。换言之,是三德的展示。最终我们明白,理论是无中生有的现象,是因缘运行中的偶然。爱的理论也是这样。

不同时代,不同人,需要不同的爱的理论。但无论多么不同,用最简单的语言表达,爱就是宇宙自我的自然状态。我们只是分享这种自然之状。然而,因为业力,我们的分享能力、限度、高度是相对确定的。在我看来,绝大部分人,是不存在爱,或者说,他们的爱是非常扭曲的,他们的爱被五鞘厚厚地遮蔽了。

我们爱的质量在下滑。所以,很多人跑去找上帝了。因为他们只能在上帝那里见到真爱。然而,人文主义的发展已经告诉我们,上帝已经死掉了,他已经成了人，并做了榜样，并教导我们如何爱这个世界，爱这个世界里的人。

爱的理论很多，但都取决于人的意志。你的生命发展到哪里，你的爱的理论就发展到哪里。爱不仅仅是一种理论，也不仅仅是一种实践，它是宇宙自我的本来状态。然而，在这个世界上，这个宇宙自我的本来状态却没有充分展示。换言之，人们是看不到爱的。即便看到了爱，也都是带着面纱的爱。结婚带面纱，是一种讽刺。爱，是一种面纱下的游戏。两个人相爱，其实，有四个人存在。每个人至少同时作为两个人而存在。当两人拥抱的时候，其实至少有四个人拥抱，并且其中至少两个人处于被扭曲的状态。

并不是这个世界不完美，我们就不爱这个世界。并不是这个世界之爱很扭曲，我们就抛弃这个世界。只有一个世界，我们也无法抛弃。真相是，除了爱，这个世界一无所有。我们所见到的非爱，只是爱的缺乏。正如奥古斯丁说的，这个世界不存在真正的恶，恶只是善的不足而已。

当你见到愚昧之光压迫时，别惧怕，你当战胜之；当你见到情欲之光鼓动时，别屈服于它，你当转化之；当你见到善良之光闪耀时，你当促进之。我们曾经经历生生世世。当我们放弃了形式观念之时,当我慢(私我)不再作怪时,真爱之光自然照耀。

我不得不重复说,天堂的爱时时在,天国的爱本来在,已经在,并一直在。你一定会体验到的。并且,是没有极限、没有边界的,如光的海洋,闪亮闪亮。当你瞥见了一次,你就不会怀疑,更不会停止在你途中的任何地方。正如耶稣告诉我们的,我们不应该在桥上造房子。类似的表达是,他要我们不要在沙滩上造房子,而当在磐石上造房子。

性、女性和解脱

谈女性解脱问题很不容易。

在有的人看来,我没有资格谈这一问题,因为我是男人。但其实,你完全可以不把我视为男性的。你可以把我视为不男不女的"阴阳人",更正确的说,"我是"是作为男人或者女人的基础。在我的身上,有女性因素,也有男性因素。我是阴阳合一的。也在这一意义上,我直觉地谈点女性解脱问题。

1

何为女性?生理上的女性?社会角色的女性?灵性趋向的女性?如今,我们看到,生理上的女性是主流理解,但很多"假小子"的日子就不好过了。同样,很多"娘娘腔"的男性的日子就不好了。很多人被我们的生理性所限制。女性解脱首先面对的是生理的障碍。这是事实。因为生理结构会限制人的理解力、意志力、判断力等。社会角色的女性化对很多女性非常不利。她们没有机会解脱。有了机会,她们往往也会放弃。这是女性的可怜可悲之处。那些灵性趋向的女性,则是解脱的最大推动力,而非解脱的障碍。佛教中有观点认为,女人在世界上受苦,在今生不能解脱。于是,她们祈求佛、观音的帮助,在来生做个男人以便解脱。这样的理解是非常传统的,在当下已经需要更新了。

2

当今,随着社会物质的巨大发展,女性已经得到了巨大的物质生活的解放。全球范围内的女性主义蓬勃发展。我是举双手双脚全力支持女性主义的,尽管在不同地区的女性主义运动出现了这样那样的问题,但总方向不错。但在当今如此好的条件下,我们也看到,很多女性并没有意识到自己的有利条件,甚至更加在物质上和精神上依附男人,结果她们的命运没有几个好的。因为在当今时代,男人本身处于不很自觉的自救之中,在很多方面男性都落后于女性。所以,女性对自己要有新的认识,要走出来,尽可能摆脱生理和社会角色的局限,充分利用当今世界提供的有利条件,让自己在灵性上有所发展。这种发展,不是为了来生做男人,更不是为了生生世世跟某个男人相爱这种愚蠢的思维和想法。

3

当今女性在解脱之路上有很多自身的障碍需要克服。归纳起来主要是生理障碍。文化对女性有很多的限制,她们的性欲一直被压制着。性成为了很多女性无法解脱的障碍。其实,人一生都在和不同层面的性能量打交道。从更高层面说,痛苦来自性,快乐来自性,束缚来自性,解脱来自性,觉悟也来自性。肚脐以下三寸的性,处于不同层面,处理不同问题。大部分人的一生就在这里停留了。但性可以上升到肚脐以上。那样处理的问题则不同了。没有性能量的提升,本质上是不存在解脱的。你可以锻炼王瑜伽,把性能量从肚脐以下提升上来,把性能量转化为智慧的桥梁。

4

无疑,当今的人们都走向了普遍的自然主义。性的自然主义是毫无疑问的,很多人陷入了性海也是肯定的。但在性海中是不存在解脱的。

5

我并不怀疑,在现世解脱的女性不会很多。但我同样肯定的是,在这个世纪,女性解脱的数量或者比例要比男性大或者高得多。我看好女性的解脱。并且她们的解脱具有无比的意义。观音菩萨感叹人间疾苦,尤其无数女性的痛苦,提供了特别适合女性解脱的法门——观音法门。印度传统则发展了巴克蒂瑜伽,事实上这也是特别适合女性的解脱法门。在各大信仰中,真正维护信仰的主力军是女性,很多觉悟者也是女性。耶稣的女门徒马利亚觉悟耶稣的奥义。但很多的男性并不接受她。多马和马利亚都觉悟了耶稣。马利亚具有先知性的能力,服务耶稣,她的生命已经化为一。但她一直被误解着。女人男人啊,拿了钥匙不进去是没有用的。

6

女性解脱应该努力在今生实现,而非拖延到来世。女性需要利用这个世界提供的条件,生活本身是最好的、也是最残酷的教练。女性解脱,不要把希望寄托在男人身上;不要把眼睛盯在性上,要超越过去,不管如何超越;不要担心生活的偶然性;不可封闭自己,和这个世界保持关联;不要执著这个世界的现象;学会安详,学会自我调整、当下行动;保持对世界的爱。

7

最后,一个坚持走吠檀多道路的女性,只要她具备信心、愿望、知识和坦然,几乎没有不解脱的。

就谈这么多。反过来,对男性也可以说类似的话。

记　　录

　　人在世界时间有限,没有必要执著结果。

　　这人那人得势,不用嫉妒,即便对方的得势是非法的或欺骗而来的。你只需要观察他/她的结果,先等它五年再看看。

　　世界是有限的,技术发展和人类消费欲望以及积聚欲望将会导致世界失衡。世界的衰竭难以避免——除非我们猛然醒悟并迅速改变人类自身。当然,任何的悲观和乐观都只发生在心意层面。

　　如果足够智慧,那你就要努力寻求自觉的生命。具备美德,不是痛苦的事,而是可以让自己生活满意,例如谦逊的美德,这不是痛苦,而是自信和境界。

　　心静、正言、正意,走向觉悟,超越二元世界,让灵魂或心灵健康。如此,在世界生活。

一个人就是一个宇宙。真理的冲动会让人放弃名利和身心。

圣人是流动的圣地。

你要走向精神领域，走向生活态度和生命境界。

真正的爱属于星际旅行

相遇的距离来不及避开,彼此的心却需要用光年来猜;时光流逝增添了你我的白发、皱纹和劳累,却不见冰一样的心在光明之火的燃烧中消融不再。

我的话语有多深邃?我的爱情有多妩媚?西湖的水,我的泪;落星山(保俶山)的情,持续了几千载?

爱情本来是虚空之女落下的彩带,你拖着它在虚空呈现精彩一回又一回。

无根时代

我曾经呆在一个地方,那地方有山有水有花有草。神灵生活在森林中,生活在流着清澈泉水的深山里。我走在山冈上,进入那树林里,赶着羊,我感到身处磐石上。

我所在的地方,有池塘。池塘的水清澈,泛波,池塘中的小鱼自由的游动,它们不时地向我要吃的,在我的眼前表演它们的游戏。池塘的水,是可以直接掬着喝的。池塘水面上的水蝇也是那样的快乐,无忧无虑。池中的水草那样迷人,它们把我的视线带到深处,几乎要把我引向另一个神秘的世界。

听到神秘的音符,看到灵异的记号,思想着无数年前古哲的授记。

一天,走过一道门,所有的这一切不复存在。池塘没有了,小鱼没有了,森林没有了,我可爱的小山羊也不知去向。我从一个世界进入另一个完全不同的世界，我不再走在磐石上，不再有一种神秘感，不再和远古的哲人有关系，不再看到通向神秘灵界的通道。

根基没有了。我们生活在一个无根的时代。

一点点

一点点，你的生命就被点亮。那一点点就在发光。你不需要太多，只需要那一点点。

那一点点，是你的生命之光。好好点亮。

你看怎样？谁为你点亮，这可能让你惆怅。

其实，安静想想，就离你不远，或许很近很近，只需要你安静安静地想一想。

千年春秋，万年历史，都为这一点点光亮。何时点亮，今天晚上？

哦，那一点点光，是黑暗中的唯一，让你度过了漫漫长夜。别再放在床下，让它照亮大地，照亮，照亮……

天上的星光，落下落下，闪烁闪烁，那都是你的意象。

你的到来，一点点。一点点布满了山冈。黑夜被照亮。

眼　　睛

母亲的眼睛。孩子看着母亲的眼睛,就看到了一切。

老师的眼睛。学生从老师的眼睛里看到了一个光明的世界。

爱人的眼睛。爱人从对方的眼睛里看到了生命的合一和归宿。

孤独者的眼睛。孤独者的眼睛散发着暗淡的绝望之光。

失败者的眼睛。失败者的眼睛里常常发出淡淡的无奈之光。

信仰者的眼睛。信仰者的眼睛里总是充满希望之光。

圣人的眼睛。圣人的眼睛看到自己和世界一体,看到世界和自己一体,看到自己和诸神(生命)

合一。

　　我的眼睛。我的眼睛大多数的时候是闭着的，开着的时候多对着文字。但它向往圣人的眼睛。

见 到 你

我们近在咫尺,但我们总是视而不见。

你的光放在了床底下,包着厚厚的东西,哪怕人们拆了你的床,你依然难以发出本有的光芒。这是你的命运,还是自我的固执?

我呼唤你多少次,但对你,呼唤在真空中,声音难以传到你的心中。我用比喻没有意义,我发高论没有意义,我的细心引导依然没有意义,而我的愤怒就能转变你刚硬的心?

没有那终极之光的照耀,没有仁慈恩典的来临,你稳稳地在那床底下,或者在黑暗的大海中上下左右翻滚。

然而,透过我的眼睛,我又见到你。我见到的,不是你的郁闷,不是你的大能,不是你的享受,不是你的拥有,不是你的无奈,不是你的理智;我所见到你的,是你的光,你本来就拥有的光。光是真实,光是存在,光是理解,光是惊喜,光是爱,光是意义,光是没有黑暗,光是没有虚幻,光是你。

我只认得你,你就是光。那床,那包裹物,那依附体,它们都不是你。我看到的只有你。

"认得你的他"

几千年的松柏依然在蓝天下站立。泰山之顶还有他老人家的印鉴。感动穿越了时空的隧道,直抵鲁国大殿。

我知道你是谁,你更知道我是谁。在一片易海林风中,我们笑谈游戏。不接那太阳的温暖和光线如何可能？你的分享带来了人性的芳香。我拾了你的牙慧,还是你我同享那位的光？

春秋变易,天地乾坤。一体的你化成了无数的我。我的到来,开启了新一轮的陀螺之舞。我认得你,千百年来。你认得我,多少纪元以来。而这都是因为那个他(That who's/He is)。

消费主义和历史的终结

历史的终结有各种方式，很多方式超越了我们的控制。消费主义就是这样一种终结的方式。我们的社会，处于消费主义的最后途中。

有哲人说，提供解决方案并不难，问题是并没有多少人去实践。于是，方案成了空无之物。大学研究提供了很多美好的乌托邦，但它们多是空中楼阁，没有用处。有些民间志士提出了宏大的乌托邦，他们自己实践了，只是无法展开，也是没有用处的。

有圣者警告说，或许人类就在这个时代终结，而不是走向超历史意识时期，换言之，不会走向我们所说的第二轴心时代。如是这样，也算是宇宙史中一个事件的终结。生态危机是各种消费主义引发危机的集中表现。

我不是悲观者。但如此沉重的话题，应该成为当今人们的日常话语才是。

"我的离开是好的"

为什么离开才是好的？

对很多人来说，离开意味着某些烦恼的终止。例如，离婚是一种离开，歌中唱"放手是一种爱"，离开是对爱的敬畏。又如，导师在，学生就感觉不到导师的价值。但导师没了，学生可能就深深感到了。耶稣是我们的导师。耶稣死了，我们记着他。但他在的时候，我们大部分人却不认得他。佛陀的死是好的。因为佛陀不死，如经中说的，如果阿难能识破那个秘密，佛陀就不死，但那是神话。佛陀是要死的。不存在不死的肉身佛陀。他们死了，我们会感动，并且这种感动是我们自己介入的。

耶稣说，我的离开是好的。因为他离开，圣灵会来，而灵则更普遍地运行于人之中。耶稣肉身离开，但他的灵却留了下来，不会离开。只要人们愿意，那灵一直作为智慧导师陪伴着我们。这是耶稣要告诉我们的。

其实就这样

其实就这样

变化很多,道路很多,没有固定的路。即便没有路,走了,也就有了路,走的人多了,就成了公认的路。

世界没有确定的存在(生活、生命)模式,不能执著寻找某个确定的方案。坦然接受尘世的不确定、生命的不确定,努力适应并积极转变它。我们需要弃绝、放下之立场。

你说了很多,没有必要;你想了很多,也没有必要;你做了很多,其实也没有必要。你有必要的态度是:坦然、流过、自由、分享、规则、游戏、太阳性、轻省。

当你把短暂性、有限性、偶然性、现象性而不是确定性、绝对性、永恒性、本质性视为宗教时,你的生活就会发生根本变化。甚至我们不需要去关注这些。我们需要的是,在对他者的沉默中,我们

要观照他者，也观照自己。最后，观照也是多余
的。这是一种无知之知的境界。这是生活的一个
归宿。

其实，本来就这样。

先明白你要为自己活

我们常常不自然地活着。并且,往往是为了他人而活。然而,一个人如果不认识自己,却为他人而活,这样的人不能解脱,并且是可怜的。

没有人能替代你的生命。你的生命是唯一的。这个世界每天有无数生命的到来,也有无数生命的消失。知道世界的道理不如善用世界的道理,善用世界的道理不如善乐世界。快乐是人生最重要的。而认识自我的快乐是最大的快乐。在认识自我之下的快乐生活,是我们存在于世的追求和目的所在。像希克早年提出的那种神正论和末世论证实中所谈的一些道理,其实并没有什么真正的道理,只是西方人的一种可能的生活解释。

你明白了自己活着,你的生活就是完全不同。我们认识自己,然后才能好好活。印度人说的,未知死,焉知生。《奥义书》让我们明白,为什么要爱这个世界，为什么要爱我们这个世界的生灵，为什么要爱这个世界上的人。这样的道理，觉悟了自我，就觉知了生的逍遥和生命的喜悦。

　　佛教有自度度人的教导。自度是一个认识自我的过程，度人是服务世界、参与宇宙游戏的过程。当你参悟之后，这个世界就不配你。但你还是在这个世界上游戏。

　　慢慢地你可以明白，这个世界是那样的不可思议。但一切都是本性的流动和展示。常人的存在不是究竟的。但如果觉悟了，那么你的存在就会不同，以往的瓜葛就会断裂。

轻　省

　　春天来了,你可以像蝴蝶一样去看花,看水,看天。你当喜乐,价值应该自己赋予,不必依赖外在,甚至你可以不需要上帝。

　　你不执著得失,你就不可能被世俗所操纵,也不会被神圣所操纵。不执著就是翅膀,可以让你飞翔,像天上的鸟一样。

　　人不能轻省的原因很多,但感情上的折腾可能是第一位的。其他的折腾也很多,没有穷尽。或许,你正慢慢变老,你就更不能执著,趁现在活着,自由释放自己,"朝闻道,夕死可矣。"这个道就是放下之道。或许,你还年轻,但也当轻省,你的未来你不知道。越早明白自己的处境越重要、越必要。或许,你很富有,你却不能轻省,我劝你快快轻省,有百益而无一害。或许,你条件不好、生活艰难,但我劝你,你同样需要轻省。或许你努力了一生一世也没有出头,而你现在却可以轻省自己。

你放下你的心,释放自己,让你自己现在就轻省吧。

生命之风

不被理解没有关系。不被理解、也不去要求他人理解，更好。

不被理解很自然，没有什么不好。你看到了生命的一体，但并不要求他人和自己一样体验到这样的道理。这样很好。

迟迟地来到世界，因为我们生在了卡利年代、末法时代、末世，而非黄金时代、白银时代；早早地离开世界，要努力在有限的时间内觉悟自己。

走完了自己走的，没有抱怨。看过很多，它们都过去，飘零了。

这世界，不多不少，淡淡来，淡淡去。一切都好，一切都好，一切都好。

真生命

乌帕蒂(身心障碍)包裹着生命。真我的光芒难以感知。然而,已经瞥见生命之光的人,已经见到真我之爱的人,他确信,并坚持。他进而生活在真生命之中。

世界不复杂。只是我们的假我和心意制造了连续的幻影,让我们无法分辨自我。就如大海的泡沫我们不断翻腾,重复着痛苦无常,不知觉的被动着生活。

你可体会到,觉悟者的泪水为谁而流;你可体会到,觉知者的爱是什么;你可以体会到两种生活态度:不动心和动心。觉悟者的动心是慈悲,觉悟者不动心是因为他知道一切的本质。

出于慈悲,出于因缘,觉悟者把爱和理智散落下来。他们把爱和智慧传给相关者。但凭空是不可能的,需要因缘。

其实就这样

慈悲是人性之光。洞悉真相者给我们带来白昼般的光明，照亮一切。明白，不是言语而是存在状态。存在的状态是立体的，它如大山。不同存在状态的人处于山的不同地方。

觉悟者不依赖外在的标准。他是他自己的标准，也是存在本身的标准。他和存在本身融为一体。

他愿意在这个世界，让自我之光耀起，也愿意让自我之光照耀其他生命。但事实上，其他生命也是光耀。只是无明，生出无尽的差异，并导致隔离。慈悲的觉悟者在这个世界上游戏，摆脱乌帕蒂，光耀生命。世界如死海，但因为觉悟的生命摆脱了乌帕蒂，让死海有了光亮。少数的光亮，不断点燃其他生命，烧毁其他生命的无明。慢慢地，死海、黑暗之海，成为了光海。

我看到那光海。它已经存在。肉眼不能见。但智慧的眼睛可以看见，灵性的眼睛可以觉知。在真正的默观中，我们也都可以实在地感受到那光海。它的真实性和肉眼所见是一样真实，甚至更加真实。

一个生命的来临，一个觉悟生命的来临，他就会让自己点燃，也会点燃整个生命海洋。

宁　　静

其实没有那么多不能解决的问题。很多问题根本不是问题，你只需要放下或者等待就可以了。

心不平静、烦恼不断、苦闷、忧郁、无聊、惧怕、担心、折腾、虚荣、自夸、控制等等，这些都是你心意中的问题。你只需调整你的心意，这些问题自然都会消失。这是实话。

钱财利机、情爱名相，这些都是短暂的，并没有持久性，无须执著，无须有特别的看法。如果不被这些吸引走，你就很自由。一旦成为它们中任何一个的奴隶或者仆人，你再也不会安静了，你就会生活在虚幻的心意图像中。

我佛慈悲，不断告诉我们生活的实相，要我们放下，走向快乐和自由之路。我主耶稣慈悲，同样教导我们放下，要虚己，不要执于名相，不要期待在世界之桥上找到确定性，因为那一定痛苦。

其实就这样

宁静，一定需要放下自我，一定需要觉悟实相，一定需要让生命真正开启，一定需要活出来，一定如卡尔·马克思所要求的，过一种非异化的生活。

可爱的哲学家皮浪说，快乐或者宁静就如树影一样跟随我们。宁静不在那里，宁静就在这里。只要你放下、再放下，宁静就自然跟随。

无奈是姿态

世界上,任何人都不可能永远一帆风顺。

穷人会无奈,富人也会无奈;母亲会无奈,孩子也会无奈;老师会无奈,学生也会无奈;女人会无奈,男人同样也会无奈。

有人说,修行者不会无奈。但我看到,太多的修行者也充满了无奈。那些修行者,修了很久,甚至一辈子了,或者是知性的修行者,显然地,他们也会无奈的。

但是,修行者的无奈却有别于普通人。他们往往采取所谓不执的态度处理无奈和无奈的结果。后现代哲学的态度似乎走在修行者和普通大众这两者之间。

后现代,我们依然要面对无奈、处置无奈,我们需要的是面对无奈的策略和生活的艺术。一个达到足够深度的人,不管他是修行的还是不修行的,都可以坦然面对无奈。佛陀就教导我们一种姿态观:"行时,知道'我行'。立时,知道'我立'。坐时,知道'我坐'。卧时,知道'我卧'。"你尝试一下。无奈时,知道"无奈"。这也是正念的一种表达。愿这样的姿态喜乐你。

逻辑的逻辑

独白的逻辑,我责怪你,你责怪我。对白的逻辑,我们彼此知道对方说什么,但我们并不会走出自我。辩证的逻辑,我们要找到理性的真理。

但我们的真理基于什么？我们的前提是否合法？彼此是否已经认可？为什么辩证的逻辑在人们那里多成了戏法？大概是因为它本质上是缺乏生命的他者的逻辑。

对话的对话不能取代辩证的逻辑,却更关注生命间的关系。它依赖信心。

或许你对男人都失望了,或者对女人都失望了,或者对人类本身失望了,但如果你要进入对话的对话,或许你不能失望,你要基于生命。你不可把根基建立在"生存因素"上。如果你的行动和思考基于"乌帕蒂",那么你肯定不能进行对话的对话！

你要具备宇宙信心,你才能展开生命的对话。你自由地在宇宙信心中,才能看见那生命的神秘之花。

一棵树

一棵树,长在贫瘠的大岩石上,有个小孩不时地去摇动这棵树。没有多久,树死了。

还有一棵树,长在贫瘠的大岩石上,有个小孩不时地去摇动这棵树。没有多久,一场大暴雨把树冲走了。

还有一棵树,长在贫瘠的大岩石上,有个小孩不时地去摇动这棵树。树一直长不大,不死不活的样子。

还有一棵树,长在贫瘠的大岩石上,有个小孩不时地去摇动这棵树。没有多久,一个路人把树整个搬走了,种到了一片肥沃的土地上,成了撑天大树。

自觉生活

我们都需要对自己有个清晰的认识、完整的认识。不然，来到尘世，漂浮在世界，是浪费，是折腾。

我们有了机会来到这世界真是不错。只有在世界里，我们才能明白，自我意识可以提升自己的生命质量，我们才能觉悟生命的本质。

觉悟或自由或解脱是我们来到这世界的根本之所在。一切都是空，一切都是烟云。但是，人是不容易知道这一点的。生活是最大的老师。

人如果从"我"、"我的"意识中摆脱出来，当下就觉悟，当下就是喜悦和圆满。摆脱了乌帕蒂控制的人，他依然需要有各种行动。但他自由，已经不受束缚。他心中圆满，他身心舒畅。

有人说，这如何可能？对于很多人，真正摆脱乌帕蒂真很艰难。然而，如果使乌帕蒂毒性消除，就如我们身边有毒蛇，如果将毒蛇的毒拿掉，即便蛇还在身边,它也不会再伤害我们。对那人来说,他的乌帕蒂已经得到净化,没有了问题。

其他的则不是我所能倡导的了。就是这样简单。就是这样,对,就是这样的。

意志·是非·道路

常常看到人们对各种问题争论不休。有国家层面的,体制层面的,也有个人生活层面的。

我们似乎都普遍相信,通过理性可以达成普遍的一致。但这是不可能的。理性是工具,服务于人的意志。意志决定了人的选择——选择道路。我们对事物的对错之判断,往往不是来自理性,而是来自我们的意志。如果我们选择的道路不同,或者我们追求的图像不同,或者说信仰不同,那么人们对事物的是非判断会很不一样,甚至全然相反。

如果我们的选择是同一类型的,那么我们就有了共同的意志基础。如果是这样,那么我们之间通过理性可以达成很多一致,否则便不可能。不同宗教信仰间的对话,往往是意志的对话,是不同的生活道路在对话。而这样的对话非常困难。本来,我们并不需要对话,只是我们生活在同一背景下,我们不得不相遇，不得不处理彼此的关系。或许，在这一点上，正如保罗·尼特说的，我们需要创造共同的故事。潘尼卡则说，我们需要有一个更大的神话。这样的说法是可行的选择之一。

是非，不是宇宙的法则，是非是人的法则；选择道路，是人的意志，是人的法则。对话，是人的行动。它是维持性的。我们处理关系，因为气质、环境、经验的差异，我们可能有很多出入，随着时间流逝，如果道路一致，一方会意识到己方的问题，通过对话或者理性的辩证过程，可以达成更多的共识。在同一条道路上，在同一个层面上，理性的力量是优先的。但在不同道路、不同层面上，则是意志优先。对话需要充分意识到这一点。不同意志、不同图像之间对话或者相遇，则容易出现很多问题，基本的原因是不同意志、不同道路的是非标准的不同。从单一方面看，一定会出现难以解释的难题。

处理社会关系、宗教关系、人际关系，我们都需要充分意识到我们在处理何种意志，何种道路。唯如此，我们才会有取得对话成效的可能。

什么是坚持

坚持是一种德性。人们说,没有坚持,就几乎没有可能成就像样的事。坚持是集中力量、聚焦力量的艺术。人的精力是有限的,并且一般都是随境而移的,所以,我们要坚持什么并不容易。

经常有人说,忍耐是有限度的,换言之,我们无法坚持了。然而,很多时候,正因为我们不能再坚持一点点,我们就白费了精力和时间。因为坚持而成就的人太多了,几乎任何成就都依赖坚持的力量。坚持让我们表现出人格的魅力。

然而,我们也需要对坚持有个正确的理解和定位。坚持具有不同的类型,大致分为出世间的坚持和入世间的坚持。入世间的坚持包含了三种坚持:善良的坚持、情欲的坚持和愚昧的坚持。

坚持并不是固定的。有时会表现出愚昧的坚持,有时会表现出情欲的坚持,有时也会表现出善良的坚持。愚昧的坚持缺乏智慧、极端、不顾后果。愚昧的坚持也有力量,但其力量多不健康,容易带来人的不安和对他人的威胁。这个社会中普遍存在的是情欲的坚持。它的实质是为了达到各自欲望的满足而坚持着、思考着、纠缠着。在恋爱中,在各种感情关系中,情欲的坚持最为普遍。要说明的是,情欲的坚持和愚昧的坚持有可能彼此转化,换言之,情欲的坚持会转化成愚昧的坚持。也就是说,如若情欲的坚持缺乏理智或者智慧,就会转化成愚昧的坚持。当然,情欲的坚持也可能转向善良的坚持。善良的坚持更多的是考虑对方、考虑彼此关系的坚持。善良的坚持是一种和谐的坚持,一种爱的坚持,一种相对理智的坚持。然而,这三类坚持都属于入世间的坚持,它们都有局限,容易出现自我中心。即便是善良的坚持,本质上也是自我中心的。

　　出世间的坚持是一种伟大的艺术,是神人的境界。这种坚持并非基于个人利益、群体利益,甚至不是基于人类的利益,而是出于对人本身的认识和实践,意识到世间活动之非本质性,意识到人之存在是非中心的存在。修行和认识的实践,最终需要达到非价值的高度。出世间的坚持就是坚持非本质性,坚持价值的被确立性,坚持超然生活:坚持超越生死、爱恨、有无、是非、真假、好坏等等。

　　坚持是一种艺术。你来到世间，想做什么，成就什么，这些会影响你的心意和行动。我们需要什么样的坚持，这是每一个生命本身自己决定的。然而，我们可能因为偶然性，因为我们的意愿，我们就可能会走到生命的十字路口，可能在有限的时间内改变生命的方向。比如，如果你遇到佛陀，你的命运可能就变了。但如今，圣人们都不在世界上，我们如何可能被改变？当然我们可以通过传承接触到佛陀、耶稣和孔子等圣人们的信息。很多面纱覆盖着我们，当撕开面纱，我们就会被改变。

　　坚持是系列的，并不单一。坚持具有不同层面。我们考察人，考察自己，我们需要反观，看看我们坚持什么、什么层面的坚持。坚持的有效性也往往和我们的愿望有关，历代圣人都强调我们需要有大愿望，特别是在我们的生命状态还处于相对低层的时候，愿望本身对人的影响非常大，愿望往往是力量来源。

沉　　默

沉默非常复杂。理解它是一门艺术。

第一种沉默：人的无奈。简单地说，无话可说，只能沉默。这其中有积极的沉默，也有消极的沉默。

第二种沉默：为了激起人们的好奇，显示自己的神秘性，为达到某种目的而沉默。

第三种沉默：作为一种教学法。让人去自我反思，也让自己反思。

第四种沉默：无法回答问题或对某些问题不作答。人的世界观、欲求不同。沉默是一种策略，也是一种态度。例如佛陀曾经沉默。

第五种沉默：看明白了人的基本问题，对外在的执著消失了，对自我没有了本质的依附。换言之，得失、荣辱、是非、美丑、正义与非正义、爱与非爱等等都在心中被超越了。他/她沉默了。这一沉默类似阿罗汉沉默。

第六种沉默:沉默本身。是实在的一种本然状态。沉默是实在的第一状态,一切都是因为沉默的爆发。沉默是圣言的根据。

回归沉默

一切真相都是相对的,都是相对语言来说的。

* * * * * * *

一切的真相都只能存在于语言之中,不进入语言就无法理解。

* * * * * * *

语言创造着真相。很多的真,都是语言创造出来的。例如,数学、逻辑等等。伦理之真也是一种语言创造。其合理性基于语言自身的运动。

* * * * * * *

人类的情感、体验等等只是被语言创造的。但情感不限于语言。体验也不限于语言。

* * * * * * *

真相是一个复杂的层次。不同层次就是不同的真。在同一层次谈论真比较容易理解和体验到。不同层次就比较难,例如猴子就不容易理解人的意思。说一样的话,用一样的词,却是全然不同。从意识层次讲,人分很多层,从接近动物到接近神的都有。写到这里,我就为那些菩萨们感动,甚至流泪。

* * * * * * * * *

我们谈的真相主要是针对人的真相。几千年来的文明发展,各大文明传统中都有一种成熟的圆满智慧。在我的视域里,吠檀多哲学就是这样一种成熟的圆满智慧。不要误解,吠檀多思想不仅仅在印度,在中国、在西方都存在。通过吠檀多哲学,我们可以了解真相、看到生活的本质,看到各种大问题的终结。

生活是一次性的

我们需要对生活本身有一种适用的态度,认识到生活的偶然性、短暂性、有限性。因为我们的生活是一次性的。

你做梦其实也影响了与你有关的人,例如,在梦里见到你喜欢的人或者原来喜欢的甚至深爱过的人,但主要是针对你自己的。

很多事,如做梦一样,坦然处理是最好的。做你要做的。但反思和实践生活、迎接和享受生活是最最实在的。不要抱怨,不要因为他人对你的态度就陷入自我的陷阱。

生活是一次性的,不要错过。不要被太多的伦理、信仰、教条等等束缚。

生活本身可以是神圣的,尽管只有一次,尽管短暂、有限、偶然,但它是神圣的、值得肯定的,需要坦然接受生活,并赞美生活,学会和生活斡旋。面对生活的一切,不仅要去面对、挣扎和斗争,而且我们更要珍惜、享用、超越和圣化生活的日常性。

教　　导

怨恨于己于人都无益。你不会因为怨恨就会得到真正的补偿,那只是一种自我欺骗,毫无光亮。你没有必要执著,学会放下和坦然。神秘预言不会因为你的信仰而得到加强,更不会因为你的梦象而得到强化,那是你的虚幻自我在畅游。

不要因为为他/她付出很多而一定要苦苦等待他/她的回报,那种等待回报是一种愚昧的品质。因为你得到的必定是悲伤。你不要等待他/她的回心转意。那样实在多余,也实在冤枉。努力完成你的生命旅程。在某地或者某时你和他/她相遇,不要燃起激情的火焰,因为那是晚霞的余光。或许你一次又一次陷入激情的火焰,耗尽了你尘世的时光。但生活是如此的奇妙,它总是那样一次又一次宛如赫拉克里特说的大火,烧了又烧。智慧的人,你要尽快把时间用在更好的地方。

其实就这样

在执著中出离的哲人尼采是你的导师。但他是那样的悲凉，以至于他一直生活在自己因反叛而创造的自我之中。你真正的旅程在尼采之后。圣光在迷雾中重新呈现。你走过，再走过，你的心就不再有惑。每天都在天堂，天堂的光射向地狱的四个角落。光，只有那光。

如此祈祷，如此静默，我的教导就此收场。

零碎的话

很早就有智者指出,我们不需要中介,直接让灵风吹拂我们的心房。但是,他们的声音被封闭了。历史的长河中,渗漏了一点灵风,被灵风吹到的人成了圣人。

你的生活在于你的选择。谁能替代你去面对?你的生命质量谁去替代?只有你自己。

圣人说话是为了众生,而众生说话主要是为了自己。

宗教的成熟在于"真正认识你自己并自觉地生活着"。而哲学从不会从政治或正统意义上去判断。

充满偶然的世界,太多的事都不是规范的,不是可以预见的。哲学让人学会一种生活。这是根本。而所谓人们喜欢的就是好的——这是一句极不负责的话。

零碎的话

真理透过生活,生活就是真理。生活并不是确定的,你需要不断地和生活进行持续的格斗或妥协或对话,最终的结果不完全在于你,也不完全在于他者的世界或它的世界或他们的世界,而在于各种可见和不可见的力量互动和偶然聚合的结果。其中没有什么必然性,有的只是佛教所说的:缘起。你的生活策略应该是实用主义的,不能过分执著于人们的规则,不能成为它们的奴隶。你可以观照规则。

一步一步走,不要一步登天。谦卑地与那个更大者(the More)同行。谦卑地与那个与更大者(the More)同行的那位走。不要有一种全知的冲动。

生命大于观念,大于传统的各种意识形态,大于我们的各种宗教观念。在这个全球化时代,人们开始重新认识生命的意义,重新理解生活的新可能。对很多信仰者来说,得救和解脱不再是个体的意义——他人的痛苦就是我的痛苦,他人的得救就是我的得救。我们需要坦然接受并培养起全球化时代的品格。

真正明白的人,没有不对世界充满慈悲的,没有不可原谅他人的,没有担心他人的。潘尼卡说,我们一旦有了宇宙性信心,我们就是大写的人。作为个人，就完全不同了。这样的人生是非常值得过的。

在全球化时代，在人类不断参与和起主宰性作用的世界上，人们封闭地看待问题的方式不仅过时，而且危险。

一只蝗虫叫板了，很快就被打死了；一群蝗虫叫板了，也被打死了。蝗虫知道自己处境艰难，于是无奈，不再叫板。但有一天，蝗虫数量达到了无法设想的地步。这时，蝗虫终于开叫。所到之处，凡树草之类，无一所剩。千里风光，唯我蝗虫天下。宇宙茫茫，是真是假，是成是败，皆出时机。

中道是合理之路。中道之人，玄理和实际合一，冥想和行动合一。明白的人充满宇宙责任，人生责任，充满慈悲心，喜悦心……

不执著是一种需要不断锻炼出来的境界。步步无奈退让的小智慧难有安静的生活。明白而努力去实践，没有不具备存在感、智慧感和喜悦感的。

人有理性，但并不是时时都根据理性生活的，人有灵性，但并不是时时体现灵性。我们不能把自己的一切安排得很绝对，不管是爱情、事业、人生，我们需要有新的生活态度，这才是比较实在的。

上帝/老天爷带给我们一个身体，我们分到不同的份额。对这个份额在某种意义上，我们具有自主权,可以挥霍或者善待利用。人们在一种程度上的不当使用是非常自然的,并且是人成长的一个部分。

身体别折腾,心意别折腾,精神别折腾,哲学、形而上学别折腾。我们需要走向的是后尼采的文化。这个文化是后虚无主义的,而非超验主义、形而上学的,也非单纯自然主义的。

说爱情是虚幻叠置,并不就是视之为无所谓的意思。跟从,是生命的跟从,是根的联结,不是物质性的联结,更不是物质性的依附或者交换,更更不是让自己依据物质性来支配自己的心意和行动。

身份,一方面让我们有一种归属感,一种在家感。另一方面也将我们和其他人分开。这种分离在一定的处境下,同样会制造麻烦和冲突。我们要学会没有身份地生活。身份是一种虚幻的东西。

上帝的公平或许不是基于信仰的上帝和哲学的上帝,而是基于奇妙的生活世界本身。

圣人和贤人的区别在于圣人不累己,贤人则累己。人要过一种真正艺术的生活,一定是行动而不执著的。

达到的永恒,不是时间和空间问题,不是形式问题,而是心的问题。心的转变开启永恒之门。而认识到了,感受到了,但并不一定就是真知。只有实践出来才是真知。

瑜伽是让我们恢复一种本有的秩序。瑜伽让我们重新认识生命,让我们觉知我们的生命的意义、存在、智慧和喜乐。

我们的大部分所谓的意义是没有意义的,因为我们会不断自我放弃,甚至在很短时间内就对自己所持有的意义不满意。我们的很多"幸福",其实就像打瞌睡或解手那样简单,但我们往往不能得到这样的"幸福"。

一个人今生达到的就是来生得到的。因此,今生的你要努力达成生命的高度,实现生命质量的转化。你可以用有限的时间实现千年的进展。今生难得,不管你的境遇如何,你都有机会提升生活质量,提升生命能量,让自己进驻存在、智慧和喜乐的海洋。

成长思维是生命思维,对于人生特别重要。这种思维的特征是:不管遇到什么,好的不好的、满意的不满意的、吉祥的不吉祥的,都将其加以转化,转化成我们生命成长的动力、经验、考验、丰富性、契机。不好的、不满意的、不吉祥的,需要进行逆向转化;好的、满意的、吉祥的一切,则需要进行顺向转化。

后　记

耶稣说:"喝我口中所出的就会变得像我一样,我自己也会变成他。隐藏的事也会向他显示。"

耶稣是灵性导师。人们对他有各种判断,但事实上没有一种判断是完全符合他的,除非你也觉悟了,变得和他一样。你成了耶稣,你就认识了他,否则不可能认识他。

成为耶稣,这是什么意思? 是成为某种本质吗? 不是。耶稣不是某种本质,也不是某种非本质。你成为耶稣,事实上就是吃了他的话。天地会废去,但神的话不会废去。肉身的耶稣会死去,但耶稣那里流出的话不会死去。那话来自源泉,事实上也就是源泉本身。圣言是爆发一切的源泉。圣言和沉默是一体两面的。

耶稣给你的话是圣言,是来自源泉的"一",事实上就是"一"本身。所以,当你吃了耶稣的话,你会变成他;同样,他是言,他也就因此成为你。你成为像他一样,和他成为你是一个双向的运动过程。因为你成为像他一样,他的奥秘就自然地显现出来。

当然,圣人不止耶稣一人。所以,有耳的,就敞开心怀,聆听……的声音。